*you*
*look tasty*

# 你看起来很美味

*yang mei wei*
杨美味 ㊟

北京联合出版公司
Beijing United Publishing Co.,Ltd.

CONTENTS

# 目录

# 温柔的风穿堂过

chapter 01

温柔的风穿堂过

风

/ 穿堂过

在高考结束的散伙饭上，我的同桌林依人，安静地看着大家开玩笑、喝酒、爆粗口、抱头痛哭。她坐在角落里，没有喝一杯酒，也没有拥抱任何人，似乎没有高兴，也没有不高兴。

隔壁桌是许言言他们班，她是我高中时期喜欢的女生。许言言被起哄和男朋友喝交杯酒，笑声和闹声交织成一片。我的脑子一片空白，只是一杯一杯地灌酒喝。我说："来拍张照片吧。"于是，我举起相机照下了所有的笑脸。

大家要散的时候，我说："等等，再来一张。"我把镜头对准了林依人一个人。她在镜头里，对着我温柔地笑。大家都喝得醉醺醺的，似乎只有林依人还清醒着。她一辆一辆地在路边打车，扶着同学上出租车，仔细地跟司机交代。我蹲在树下，看见几个林依人的影子，胖胖的，立在路边伸出一只手打车。突然热泪往外涌，我也不知道我哭什么。

最后林依人扶我上车，准确地跟司机说了我家小区的名字。到了楼下，我坐在椅子上，林依人在我旁边，她不知道是该来扶我还是站着。

我说："林依人，我能问你个问题吗？"

"嗯。"

"高中三年，为什么从来没看见你在课间上过厕所啊？"

她有点害羞，笑了笑说："因为我太胖了。别人出去一趟，你都不需要挪椅子，我出去的话，你不光要挪椅子，还要起来给我让出位置，我才能出得去。所以我不去。"我笑道："都跟我同桌三年了，这么客气干吗？"

林依人和她的名字一点儿都不般配。她是个胖子，我认识她的时候，她就已经是个胖子了。

那年我十五岁，上高一。凭着男生特有的小聪明和初中不错的底子，考上了市里最好的高中，和刚刚认识的一群满身臭汗或阳光或猥琐的男生，在学校招摇过市，嘻哈打闹。当时按照成绩选位置，于是我坐在了教室的最后一排，上课的时候和几个跟我差不多兴趣的男生打赌英语老师的胸是 C 罩杯还是 D 罩杯。

通往幸福路上唯一的障碍就是班主任。他经常会冷不丁地出现在后门，从后门的猫眼偷看我们，我被怂恿用彩色胶布封住了猫眼儿。班主任生气地盘查起来，几个没良心的朋友第一个就出卖了我。

班主任大发雷霆，重新调换了座位，把我安排在走廊的窗口那一组，三人同桌。我坐在靠近过道的位置，一个学霸型的女孩坐在里面，中间是林依人，当时班里最胖的女孩。她的脸不大，但是身上结结实实都是肉。她是一个土得像刚刚从新中国成立前走出来的女生，打扮却像一个中年妇女。头发永远扎成马尾或盘在头上，一个夏天就几件 T 恤换来换去穿，夏天也从来没有穿过短裤，都是大地色系的休闲裤和牛仔裤，再加上运动鞋。冬天就在外面裹上棉袄或者羽绒服，更像一个球。衣服永远是绷在她身上，跑步的时候都迈不开步子。

我几乎不跟她说话，即使说话也基本上都是问句，比如，老师刚刚来过没，讲的哪一页，这章已经学过了吗？等等。

她也从来不主动找我说话，倒是跟旁边的女生还蛮聊得来。有时候两个人就趴在桌子上说些悄悄话，然后两个头靠在一起偷偷地笑。

她来得比我早，走得比我晚，甚至连下课的时候都没见她去过厕所。这点一直是我心里的一个疑惑。但是那个时候，我没空解开这个疑惑，也懒得理会她。因为我的心里满满都是许言言。许言言是一个特别好看的女生，眼睛不大，但是一笑起来的时候就弯弯的、亮晶晶的，鼻子也小巧，唇红齿白。皮肤上没有一点瑕疵，留着中发，偶尔扎起来，巴掌大的小脸，还有一颗小小的虎牙。



我第一次跟林依人的正常对话，是从一节出糗的英语课上开始的。我那时正在笔记本上乱写乱画，结果被老师点了名，又突然问我为什么没有交英语作业。我只好找借口说掉在家里了，这种招数我从念书到现在用了很多次，一般得到的答案是下次带来或者下次注意。结果英语老师盯着我说："那行，给你十分钟，回去拿吧。"

"啊？我家蛮远的。"

"你家不就在学校对面吗？上次你爸见到我还跟我打招呼，让我特别关照一下你。赶紧回去拿。"怕露馅我只得说，"老师，我好像带了，我再找找。"我把桌子盖掀起来，开始慢腾腾地一本一本地翻，嘴里还自言自语，"哎，去哪儿了，也不在这儿。"

老师翻了我一个白眼说："那你慢慢找，下课要是还没找着，我就打电话让你爸给你送来。"

我猛点头，用书挡着自己，病急乱投医地问林依人："昨天的作业是什么？"

她在本子上写"情境对话"，然后把本子推了过来。

"你们都交了吗？"

她点了点头：“早上就交了。课代表让你交，你在睡觉。我这里有一份草稿，我交上去的不是这个，你要吗？”

我猛点头：“快给我！”

她拿出一个本子给我，我把它藏到英语书下，在前面摞起高高的书开始奋笔疾书。终于，在下课的时候我交上了作业。英语老师也就睁一只眼闭一只眼地放了我一马。

交上了作业的我，就像一个刚刚炸碉堡归来的英雄一样，瘫在了桌子上。换个姿势看到林依人，于是随口说了句：“谢谢啊。”

她直摇头，也没有再说话。

“哈，你连写个英语作业都打草稿啊，这么认真。”

“也不是认真，反正也没事。”

“那既然你这么闲，以后你打的草稿就给我抄一下吧。”

“哦。”

从此以后，我每天来的第一件事，就是拿过她的作业抄在自己的作业本上。到后来，我懒到跟她说：“要不，你帮我做一下。”

林依人面露难色想推辞，但是不知为何还是答应了下来。她自己的作业，笔迹工整，没有一个错别字或者涂改的痕迹。给我写的作业却字迹潦草，龙飞凤舞，居然没让老师看出破绽。有时候我心血来潮想要弄懂一个题，问她的时候，她会不厌其烦一遍一遍地给我讲，我听不懂又没耐心，听到一半就发脾气，“算了不听了”。她就会默默地把本子拿端正摆在自己的位置上。

林依人最好的一点是沉默。因为沉默，她不问我不想回答的问题，也不会一直跟我聊八卦。虽然她跟我同桌，但是我们说过的话还没有和楼下的邻居说的多。她不问不该问的问题，好像也没有任何好奇心。

因此我和她同桌的一年时间里，我对她的了解依然只是她的名字和排在中上的成绩以及好像永远都掉不下来的体重。

而在这一年的时间里，我对许言言的了解可是突飞猛进。许言言爱笑，一到下课就跟朋友们成群结队地上厕所或者去阳台上透气。许言言的爸爸是个公务员。许言言最喜欢吃的是萝卜炖牛腩，最讨厌吃的是豆腐。许言言一点儿都不爱粉色，有许多发夹，每天换着戴。许言言的成绩不好也没关系，反正她的梦想是当个演员，演员不需要成绩好。许言言小时候一直都是短头发，爱看书。许言言爱看那些我不喜欢的、节奏慢得不行的老电影，她一哭起来也漂亮得不得了。许言言最迷恋的明星是林俊杰，她还有一个在上大学的青梅竹马。假期的时候，我骑着车穿过这个城市的大街小巷，来到许言言家的楼下，盯着她阳台上的小花和乱七八糟的植物，想象着许言言给它们浇水的场景。有时候能待好几个小时，太阳把头皮都晒疼了。

我经常晚上去许言言的爸妈打牌的茶馆，等上很久很久，偶尔会碰到独自出来的许言言。我就骑着车在她面前急刹车，说："许言言，你怎么在这儿啊，好巧。"

许言言生日时，我在网上看好时间，坐了十几个小时的火车去另外一个城市参加林俊杰的签售会，排了好久的队，然后轮到我的时候我大叫："写上亲爱的许言言，一定要写。"她的偶像看了我一眼，笑了一下画了一个爱心，非常快速地写了几个字，我还没来得及看出那是什么字，就被后面的粉丝推走了。后来经过我的仔细辨认，发现那几个字是徐艳艳。我呸，我的许言言才不会有那么俗气的名字呢。我在课上看的时候，林依人盯着它，于是我随手扔给了她说："喜欢就送给你了。"

我忍着瞌睡，仔细看完了许言言说喜欢的那些电影，发现我一部也不喜欢。可是看完之后就觉得自己的知识渊博了，这样跟许言言聊电影的时候我就不会没有话讲。

我把许言言的每张照片都存起来，翻了许多在她空间里留言的人的相册，找到关于许言言从前的点点滴滴，宝藏一样地锁在电脑里。

打球的时候，如果许言言坐在观众席上，我会比任何时候都拼命，带着球横冲直撞，我什么阻碍都看不见。

自从我知道许言言喜欢成绩好的男生之后，我每天都预习第二天要讲的内容，并不厌其烦地骚扰林依人，让她给我讲题。只是为了有一天考得很好的时候，看到许言言投过来的微笑。

我也想过表白，但是当我看着许言言亮晶晶的眼睛时，就紧张得说不出来话了。很少碰到让我紧张的事，可是许言言总能，要是追根究底的话，大概是因为许言言的眼睛太漂亮，漂亮得让人觉得在她面前自己永远一无所有，永远两手空空。下课的时候，我盯着许言言跟旁边的同学翻一本杂志看，不知不觉就看呆了。转过去时发现林依人正在看我，我忙解释："我没在看她，我在看她的发夹。真好看！"

许言言别了一个淡蓝色的发夹，是 X 的形状，在耳朵旁边。

林依人点头："嗯，是好看。"

我没接话，低下头玩手机。过了一会儿，林依人用胳膊肘拐我，我急忙收起手机，端正姿势假装看书，直到班主任走了进来。

我突然没头没脑地跟林依人说："我喜欢她。"

"嗯。"林依人点了一下头。

"下节什么课？"

"数学。"

"好烦，下下节呢？"

“体育。”

“讨厌，又是体育。还是学交谊舞吗？”

“嗯。”

“我真是想不通，那个体育老师脑子里有屎吧。你们女生学跳舞就算了，凭什么让我们也一起啊？我都逃了一节怎么还没学完。我现在最讨厌体育课了。”

“我也很讨厌。”

跳交际舞先是自由分组。我本来想邀请许言言跟我一组，但是在我还没想好措辞的时候，许言言已经被另一个男生牵着手开始练习了。我随便邀请了一个女生，最后落单了林依人和一个男生。那个男生喊：“老师，我不跟她一组。她那么胖，影响我发挥。”

所有人的眼光都投了过来，包括许言言。林依人低着头，手足无措地站在原地，一句话都没有讲。“她又没招你惹你，你说话干吗那么难听呢？我跟你换。”我不知道为何说出了这句非常有男子汉气概的话。

林依人看着我，眼睛里的泪水越蓄越多。后来她急忙看向别处，把手交到了我手里。

其实我也不想跟她一组，但是我至今都说不清楚当时逞能的原因。

我非常不耐烦地做出搂着她的腰的姿势，却还是跟她保持着距离。无奈她的体积太庞大，我的手根本伸不到那么长，所有跟别人轻松完成的优美动作，跟笨拙的林依人一起，就成了笑料。她满脸歉意地看着我练习动作，明明是我的动作不规范，却拼命地向我道歉，小声说着“对不起”。

大家都停下来看着我们这一组，有的起哄，有的偷笑，有的看热闹。

我心里不痛快，于是就故意摔倒装作扭伤，剩下的半节课，我和林依人便坐在旁边休息。

我看着许言言和别的男生手牵着手练习舞蹈动作，心里涌起一阵难过和不快。随后，我转移注意力问旁边的林依人：“你现在有没有特别想做的事？”

“谢谢。”

“啊？不客气啦。我在问你有没有特别想做的事。我现在特别想揍人。”我盯着那个搂着许言言跟她四目相对笑得正开心的男生。

“有啊，就是跟你说谢谢。”

“那有没有特别想得到的？”

“没有。”她想了想，摇头说。

“怎么会没有呢？没有喜欢的人吗？没有想要的东西吗？没有想实现的愿望吗？活得真无趣啊。”

“有的东西看看就好了啊，不一定要得到的。”

“扯淡。”

“真的。我觉得有些东西太美好了，就不该属于我。”

“梦想这种事情呢，你就把它定得高一点，定得大一点，能不能实现等以后再说。算了，我打赌，你的梦想一定很无趣。”

“我想做个老师。”

“得了吧，这又不是小学作文。”

“我真的想做个老师。”

我暗自摇了摇头。林依人啊林依人，的确是不能跟许言言比，连梦想都这么无聊黯淡。文理分科前夕，我害怕许言言分到别的班，跟我的距离更远了，于是我决定跟许言言表白。上课的时候，我翻遍了所有能想到的情书，东拼西凑再加上自己匮乏的语言，开始写情书给许言言。

林依人用胳膊肘拐了我一下，我立马用书把情书遮起来，假装聚精会神地做物理题，嘴里还念念有词。趁着老师转身的当口，我把情书匆匆忙忙地折了一下，塞进了校服口袋。不出所料，从那次体育课以后，林依人就经常缺席体育课。

当我打完篮球大汗淋漓地从操场回来的时候，看到只有几个人的教室里，林依人以一种很怪异的姿势坐着。

“有纸吗？”我问。

她的背歪着，只在凳子上坐了一半，打开书桌，半遮半掩地给我掏纸巾。从书包的缝隙里，我瞥到了一个粉红色的包装袋，我突然就明白了林依人这么坐的原因可能是因为生理期。

我接过纸擦汗，问道：“你干吗还不回去？他们上完体育课就直接回去了。”

林依人说：“我晚点再走。”

我点点头，把校服拉链一拉，篮球往桌子底下一放，就从后面走出了教室。

下午的教室没有开灯，林依人的背影看着依旧是一种很扭曲的姿势。看着她的背影，我又折了回去，把校服扔给她：“我家停水了，帮我洗洗吧。”

林依人一脸惊讶，没反应过来。

我牵过衣角闻了闻：“不要因为衣服上的男人味儿爱上我啊，我的要求可是很高的。快点去吃饭吧。”

我转身离去，顿时在心里遗憾，刚刚是没有摄像机在拍，要是有摄像机的话，我分明是电视剧男主角啊，英俊、潇洒、帅气还体贴。

过了几天，林依人递了一个纸袋给我。

我打开一看，是我的校服，被叠得整整齐齐。

林依人满脸歉意地拿出一个皱巴巴的纸团，说："这个，我洗完才发现，对不起啊。"

我通过背面被水浸湿的印记，隐隐约约看见几个字，顿时明白了这是当时被我写废的情书。

我说："既然觉得抱歉，那就重新给我写一份呗。"

"可是，我没看过，我不知道内容。"

"情书会写不？"

林依人摇了摇头。

我说："没关系，你就当是给你喜欢的人写，不要出现性别就好了。后面的我再看着办。"

我正在研究试卷上的红叉时，林依人推过来一个淡绿色花纹的信封。我大喜，拆开一看，这感天动地的文采加上我这个帅得惨绝人寰的长相，许言言还不非我莫属？我在心里仰天长啸。

我躲在被子里，借着手机的光看着那封情书，一个字一个字地编辑，然后发送给了许言言。接下来就是漫长又煎熬的等待。我联想了很多种回复。

如果拒绝的话，我应该怎么说；如果答应的话，我接下来要带许言言去哪里约会。

我把屏幕按亮了一次又一次，但是却始终没有收到任何回复。

许言言没有理我。

第二天我没去上学，装病赖在床上说自己要死了，谁都懒得理。实际上，我也觉得我真的快要死了。手机"滴滴"地响，我急忙从枕头下掏出手机，却立马失望了，是林依人发来的。她问："老师现在收分科的志愿书了，你的交了没？”我回她：“你帮我写一张，我选理。”

我决心去找许言言。

我等在许言言家的楼下，调整自己的呼吸，一遍一遍地想象用哪种语气跟许言言说话比较好。

“嗨，许言言，我们又见面了。”

“许言言，不知道能否赏脸给点时间聊一下？”

“你收到我的短信了吗？”

我坐在自行车座上，忐忑不安地望着远处。

许言言出现了，但是旁边还有一个我不认识的男生。两个人抱着书并肩走着，许言言走进楼道，又转过身，快速地在男生脸上亲了一下才跑进去。

我愣在原地，觉得世界都静止了。

反应过来的第一件事，就是骑着车逃离这个地方。我一手把着龙头，一手抹着根本就擦不干的眼泪，那一天，我觉得生命里所有的难过和挫折都来到了我这里。

由于快分科考试了，班上的气氛很紧张。我却浑浑噩噩地发了一上午的呆，满脑子都是许言言在那个男生脸上留下的吻。林依人把习题本推过来，说：“上次你问的那个题，我找到了一种更简单的方法。”

我把书往桌上一摔，转过头趴在桌子上说：“我不想听。你别烦我。”林依人没有再说话，但是我依然能在我的后背上感觉到她的目光。我更加不耐烦，转过身冲她大声说：“你以后别烦我行不行，谁稀罕你给我讲题啊？你以为所有人都跟你一样要考第一啊？你做你的好学生，你管我干吗？我成绩好不好跟你关系大吗？”

林依人看着我，眼神里写满了失望，她说：“你别这样。”

“那你想我怎么样啊？你以为你帮了我几次，就能对我指手画脚了吗？你以为你是我同桌，就够了解我吗？别高看自己好不好，你以为你是谁啊，轮得到你对我发号施令吗？”

林依人把习题本收回去，抿了抿嘴，转过头来看着我，语气平静：“我只是想告诉你，如果你一无所长，脑子里什么东西都没有，你以后还会碰到无数个许言言，但是你一个都抓不住。”我愣在原地，像是闷生生地吃了一个拳头，一句反驳的话都说不出来。

我没想到一向沉默的林依人会顶撞我，也没想到她会如此地否定我。虽然她说的是我并不想承认的事实，但是细想一下，对我抱有希望并且有耐心的，也就林依人一个。

世界上有那么多人，这么对我的偏偏不是许言言。她像一把刀子，我用她来搅动我的心，虽然痛但是却乐此不疲。

年少的战争总是短暂而可笑的。因为这次争吵，我和林依人一个多月没有说话，一直持续到新学期开始。

许言言选文科去了别的班。我和林依人选了理科，还是同桌。

她依然温柔沉默、不厌其烦地给我讲同一道题。

难得碰到停电的晚上，全班点起了蜡烛上自习。我趴在桌子上，林依人专心地给我讲英语现在完成时和过去完成时的区别。她依旧是那个很土很土的女生，一年过去了，好像稍微瘦了一点儿，又好像没瘦，不大看得出来。但是我头一次在烛光下看着她，她的整张脸都映在橘黄色的烛光里，显得格外温柔。我第一次觉得，原来林依人也是很好看的。

分科后的一学期，许言言又换了男朋友。对象不是她的青梅竹马，而是另外一个班的学习委员。我听说这个消息后，又沉默了好几天。

走在斑驳的树影下，我想起关于许言言的点点滴滴，把眼泪抹干净，不知不觉走到了许言言的班级外面。看到她听着歌，利用课间的十分钟，跟那个男生在阳台上说着话。

到这时我才觉得，自己为期两年的暗恋，终于结束了。

因为就算再次选择，她也没有选择我。从此，我的目标便变成了大学。因为我一直认为，上了大学就能摆脱父母的唠叨，摆脱作业，有大把大把的时间玩游戏，有大把大把的时间泡妞儿，而且会有大把大把的妞儿等着我泡，可能还有比许言言漂亮的。

我开始认真地跟着林依人学习，每天晚上看书看到很晚。第二天早上踏着铃声走进教室时，林依人已经在我的书桌里放了早餐。有同学开始议论，拿我和林依人的关系开玩笑。她不回应，我也不多做解释，自然也就不了了之。我对林依人的了解依旧不多，她也很少谈及自己，而我怕触及她不想碰触的地方，于是也没有多问。

以后的高中生活，也就如此。在大学这个目标的推动下，原来以为漫长的高中生活，比我想象中更快地结束了。

最后一次班会上，班主任为我们加油说："你们要相信自己，不管你们发挥得好还是不好，只要你们尽力了，就是我们高三（14）班的骄傲。"离别在即，我突然觉得班主任居高临下的姿态，也没那么讨厌了。

班会结束以后，男生留下来布置考场，清理所有课桌里的东西。

我把林依人的桌子搬离留出过道。在放下桌子的时候，我看到原来放了一摞厚厚的书的位置，现在空空荡荡的，只有一排整整齐齐的我的名字。跟我同桌三年的林依人，知道我爱吃什么的林依人，把早餐买到教室里来给我吃的林依人，从来不问我为什么的林依人，答应我一切无理要求的林依人，占据了我大半个青春的林依人，偷偷在桌子里刻上了我名字的林依人，喜欢了我三年却从来没有跟我提过半个字的林依人。

在高考结束的散伙饭后，我问了林依人一个问题："喜欢一个人的话，应该告诉她吗？"

"如果她也喜欢你，就告诉她。如果她不会喜欢你，就一辈子都不要讲。"

"那如果是你很喜欢很喜欢的呢？"

林依人思考了一下："嗯，就像有的衣服挂在橱窗里，真的特别特别漂亮。但是如果给我穿，就不漂亮了。所以，我也愿意看那些长得又瘦又漂亮的人穿着它，我也为它高兴。美好的东西就应该配美好的人，对吧？"

我点点头："嗯，这个奖励给你。哈哈，看你的记性。这是我布置考场的时候捡到的。"我把手伸进口袋拿出来，然后摊开手，手心里安静地躺着一个发夹。那是淡蓝色的 X 的形状，和我当初称赞许言言头上的那个，一模一样的发夹。

我用手握住，再摊开："而且，我想告诉你，你配得上。"

她接过去，说道："谢谢。"

后来我和林依人去了不同的城市，念完大学以后，我去了一个更大的城市发展。

同学聚会，我搜寻了一圈也没看到林依人，却看到了许言言。

我和许言言已经多年未见。她很早就嫁人了，还像当年那么漂亮。我倒了一杯酒给她："你好歹拒绝一下，好让我彻底死心啊。"

她问："什么拒绝？"

我说："我给你发的告白短信啊。哈哈，我在被窝里编辑了好久，结果一个标点符号都没回我。"

她一脸诧异："告白短信？我没收到啊。我还说你怎么后来都不来找我了。"

我愣了一下："原来没收到啊。"

她认真地点了一下头。

林依人没来。她很少用社交网站，不传自己的照片，不写心得，也没有微博。可是我知道她已经瘦了好多，变成了真正的依人，还做了英语老师，就在当初我们念书的那所学校。他们说，她碰巧赶上参加教研会所以来不了。

我不停询问，林依人真的不来了吗？大家调侃，看林依人没来你失望成那样，果真年轻时候的恋情才是最珍贵的。

我从没有喜欢过林依人，而我的青春里，却到处都是林依人。晚上回家以后，我翻箱倒柜找出了当初林依人替我写的那封情书。

我不想说从第一次见你就喜欢这么俗气的话，尽管这是事实。

我不想说想照顾你与你度过余生这么虚假的话，尽管这是事实。

我不想说我真诚地爱着你胜过我自己这么自大的话，尽管这也是事实。

我只是想在此时此刻告诉你，我不嫉妒你爱的人，我不奢求不会发生的结果，我不拒绝你的任何一个请求，我甚至不想告诉你我爱你，如果我不能成为让你欢笑的那个人。

我不愿成为炙热的烈日，不愿成为夏天的暴雨。我只愿成为一阵穿堂而过的、最温柔的风。我不想做骄傲昂贵的金骏眉，我也不想成为凉爽透顶的雪碧，我只愿成为静静等待你的那杯温热的白开水。

你站在桥上看风景，看风景人在楼上看你。我不愿成为那风景，也不会成为那人，我只愿成为支撑起你的那座桥。

# 你 / 曾是 / 少年

chapter 02

你曾是少年

我一直觉得，阮冬阳之所以能在我的人生里撑那么多年没被我打死，只能是因为两点：



第一，我打不过他。

第二，阮冬阳长得越来越帅，让人下不去手。

而现在，这两个理由都不存在了，我觉得我可以下手了。

阮冬阳躺在病床上，头发被剃了，鼻青脸肿得完全看不出之前的轮廓。一只眼睛上有玻璃碎片划出的伤痕，包扎着一动不动地睡着了。

红花站在病床旁边，说："都说善有善报恶有恶报。看吧，现在报应来了。"

要说阮冬阳有多恶也算不上，他只是有一个坏透了的、吊儿郎当的脾气，和一张毫无遮拦的嘴。

以我之前的交友原则，是绝对不会有阮冬阳这种朋友的。我认识阮冬阳是因为红花。

叫这个女生红花，是因为阮冬阳说"其他女生站在她旁边一准儿就都成了绿叶，只能陪衬她"。

红花其实算不上很美，她更多的是媚。她不爱讲话，对谁都一副冷冰冰的样子。她个子高并且瘦，媚眼如丝，棱角分明，眼睛里挂着不符合我们这个年龄特征的冷漠和轻蔑。所以一眼就能看出她和我们的区别。

红花很高端。在我们这群小屁孩儿还把MP3当奢侈品的时候，红花已经有自己的相机了。当我们还在作文里写长大要做老师、科学家、宇航员的时候，红花就已经坚定了长大要做个摄影师的理想。

而彼时的阮冬阳还没有长多高，年纪轻轻却已经从电视剧里学会了泡妞儿。他每天喝牛奶打篮球想要快点成长，在某个他无所事事地在学校的球场打篮球的时候，见到了路过的红花。当时他就被红花目空一切的冷艳气质吸引了，于是萌生出了一颗勾搭红花的狼心。

阮冬阳非常准确地把球投向了球场外，球一颠一颠地滚到了红花的脚边。

红花只是用余光扫了一眼这颗球，丝毫没有停下脚步。

阮冬阳单手叉腰，摸了摸头发，摆出了一个自认为最潇洒的姿势喊道："哎，美女，帮忙捡下球。美女你别走啊，帮帮忙啊。"

红花斜了一眼阮冬阳，因实在受不了他的聒噪，就弯下腰用一只手捡起了球，然后丢向了和球场相反的方向，轻蔑地一笑："不用谢。"

就是这一笑，把年少的阮冬阳的魂就勾走了，顺便也勾走了阮东阳的整个年少时期。

第一次见到阮冬阳的时候我就不大喜欢他。

红花把我介绍给阮冬阳认识，搂着我的肩膀说："这是我朋友，可爱吧？"

阮冬阳盯了我一眼，眉头一皱，说："可爱个锤子啊，这大圆脸小粗腿。”

我翻了阮冬阳一个白眼，恨不得一辈子都不翻回来。

有一些人，刚刚认识的时候，你对他没什么好感没有关系，那是因为你不大了解他。等你跟他接触的时间慢慢地越来越长，你一定会更不喜欢他。

阮冬阳就属于这个类型。

刚刚上高中的时候，他们班的同学做自我介绍。

有个女生上台说：“大家好，我叫陈靓，耳东陈，靓丽的靓……”

说到这里，阮冬阳就在台下哈哈大笑：“哈哈哈哈哈，靓丽的靓……”



大家面面相觑，转过头看着阮冬阳，不知道他为什么笑。

他更是笑得上气不接下气，拍着大腿：“哈哈哈哈，所以我就说算命的都是瞎子嘛。”

女生哭着跑下台，阮冬阳在开学的第一天就一战成名。

一起聚餐吃饭，大家嘻嘻哈哈，气氛甚好。

而这个时候有个女生犯了一个大忌，就是居然想到要关心阮冬阳这样的人，怕他夹不到菜就好心给他夹了一块粉蒸排骨。

他盯着碗里沾着别人筷子上口水的排骨盯了两秒钟，转身叫过服务员说：“服务员，麻烦给我换一副碗筷。”

不仅嘴巴毒，而且翻脸比翻书还快。一句话不对就动拳头，暴躁程度差点载入一中史册。

在一中这所重点中学里，他是唯一一个一月打架四次，连续一个月在周会上被点名批评记过处分的人。最严重的一次，他因为同学的一句话不对就把别人打成了下颌骨骨折，在医院躺了两周。而这两周里他拒绝道歉，拒绝检讨，面对老师的盘问沉默不语，对打人的原因闭口不谈，从头到尾只有一句话，就是“他活该”。

因为这件事阮冬阳差点儿被学校开除，幸亏他有一个本事通天的老爸，才让他在这个学校继续念书，顺利毕业。这件事以后，阮冬阳声名大噪，成了很多想叛逆又不敢叛逆的小青年的偶像，走到哪儿都能接几支烟，被规规矩矩地叫一声“哥”给人普天之下唯他独尊的感觉。

这种万人之上的感觉，在他遇到红花以后就逐渐消亡得干干净净。阮冬阳从暴躁的森林之王变成小忠犬，天天跟在她身边求一个取报纸叼拖鞋的机会。

鉴于对红花的喜欢，所以阮冬阳对红花的好友——我——不敢太过分。

正好我家和他家在同一个方向，有时候会一起回家。

有时候会有车来接他，有时候一起在校门口买宵夜，有时候再加上他的朋友或者我的朋友，一起坐在操场上聊聊天，有时候他会在路上放声歌唱，有时候会踹一脚拉下的商铺的蓝色卷帘门，然后快速跑开，看着我哈哈大笑。

“其实你也没他们说的那么坏。”回家的路上，我抱着书这么跟阮冬阳说。

“他们怎么说的？”

“说你成绩不好，脾气也不好，爱打架还花心。”

他踢飞路边的一颗石子，转过头来笑着点了点头：“他们是对的。”

这话说了不久，有一天放学的时候，我感觉阮冬阳的心情不太好。

我从学校出来的时候，阮东阳已经在校门口等我了。他一言不发地靠着墙抽烟，看到我一句话也没有说，只是默默地跟我并肩走着，烟抽得一根接着一根。

我说："你还是少抽点儿吧。"

他沉着脸说："少管闲事。"

我就识趣地闭了嘴。

过了一会儿，他问："你跟你爸妈的关系好吗？"

"我爸妈不在家啊。我跟奶奶一起生活。"

"从小就不在？"

"嗯，很小的时候就不在一起。我跟我爸的关系不大好，因为我爸太爱找茬儿，对我的要求太严格了。每次回家的时候看我的成绩单，考不到第一名就要打我。"



"我跟我爸的关系也不大好。"阮冬阳说道。

阮冬阳从小家境优越，爸妈都是大学毕业生，所以思想也开明。他们对阮冬阳有求必应，从不要求他有多优秀，对他的希望仅仅是活得开心。

阮冬阳就在一对这么优秀父母的培养下，变成了一个自己开心但是让周围人都不开心的人。

星期天的时候，阮冬阳的爸爸回家过周末。他在厨房忙活着要给他的宝贝儿子露一手，联络一下因经常出差而疏远的父子关系。阮冬阳则跑到他爸爸的房间，打开他爸爸新买的笔记本，轻车熟路地打开隐藏文件夹。好山好水好风景，他爸爸搂着一个女人，笑得无比开怀。

他顿时就抑制不住心里的歇斯底里了，拿着电脑扶着栏杆大喊他爸的名字。



他爸爸拿着锅铲急急忙忙地从厨房出来了，问："儿子，怎么了？”

阮冬阳举着电脑问：“这个女人是谁？”

爸爸慌了神，说道：“儿子，你别动我的电脑，快放下。”

阮冬阳说：“好啊，还给你。”于是他把电脑扔了下去，“砰”的一声，电脑从三楼掉了下去，砸在一楼沙发的旁边。显示屏和键盘顿时散成几块，凌乱地躺在地上。

我打断他：“怎么会是三楼？”

他回答：“我爸的卧室在三楼啊，厨房在一楼。你专心听我讲，别打岔。”

我说：“哦，好。”

他又摸了摸口袋，掏出烟盒，抖出一支烟叼上，把身上的口袋都翻了个遍，问：“有打火机吗？”

我摇头。

他把那根烟从嘴上拿下来，夹在手指中间：“别让我见到那个女的。看见她我就砍死她，砍成一块一块的，拿去喂狗。”

我不由得打了一个寒战。

“还跟我说对不起，居然还有脸跟我说对不起！”

“你是说，你砸了电脑，你爸爸还跟你说‘对不起’？”

他疑惑：“不然，你以为我说谁？”

我又打了一个寒战。

说完这句阮冬阳又骂了一句，之后开始甩手，把手指放到嘴边吹。不远处是一支被他甩出去的刚刚烫到了他手的烟头。

正好这时候到了我往常和阮冬阳一起回家的分岔路口。

我急忙挥手说：“再见，你回去的路上小心点儿。”

然后他点点头，朝相反的方向走去。

“你家不在那个方向啊。”我在后面喊。

“我不回家。我只是怕你一个人走会害怕，就来送送你。”说完他挥了挥手，转身继续走。

我站在原地，看着他的背影。昏黄的路灯照在他的身上，那么一条又长又安静的路，看得见的地方，就只有他和他长长的影子。

没过几天，一个周末我又在下午补课回家的路上遇见他。

这回他没那么神气了，他的刘海油腻腻地搭在额头前，短袖也脏兮兮的。等他走近了才看见几处明显的污渍，穿着短裤露出的膝盖上有一块像是擦伤的伤口，鲜血渗了出来，红得触目惊心。

“你怎么弄成这样儿啊？”我问。



“别提了，你有钱吗？借给我。”他把一只手摊开伸向我。

我从裤兜里掏出钱来，递给了他。

他皱了皱眉头：“算了，这么点儿还不如不借呢。”

我马上把钱揣回了兜里，拍了拍，感觉很安心，说：“那我走啦。你赶紧把你膝盖包一下吧。”

他耸了耸肩：“没钱。”

我转头走了两步停下来：“要不要我给你包？”

阮冬阳一瘸一拐地跟在我旁边，和我一起回了家。

我一打开门他就惊叹：“你家好像恐怖片里的那种凶宅啊！又小又阴暗，还没有路灯，这是人住的地方吗？

我瞪他一眼：“你有本事别来啊。”

喊了两声“奶奶”，发现奶奶还没回来。

我进了厨房，把中午的海带汤倒进锅里，把电饭煲里出门前煲好的饭放进汤里，用锅铲弄散。从厨房到客厅，终于在电视下的抽屉里翻箱倒柜找出了医药箱。

他坐在沙发上。我坐在地板上，用棉花蘸着碘酒皱着眉给他擦伤口，他一抖，我的手也就跟着一抖。

“你抖什么呀？”他问。

“我见不得这么血腥的东西。一看见就觉得心里揪着，觉得难受。”说完我转过半边脸，离他的膝盖远一点儿。

他把裤子又卷起一个边儿，说：“你没打过架啊？”

“没有。”

“一次也没有？”

“没有。”

“那你的人生多不完整。”

“你完整，就你最完整。搞成这副德性，你不是还因为有次打架差点被开除嘛，干吗还打架。马不停蹄地给家里添麻烦这种事儿，你最擅长了。”

“你知道那次我为什么打架吗？”

“听他们说过这事儿，据说你打死不招打架原因。他跟你抢女朋友了？”

“不是。”他摇摇头，低头凑近膝盖审视自己的伤口，“那个人跟我说我爸有外遇了。”

我拿纱布的手又抖了一下。

他自己拿过纱布，开始自己包，低着头说：“现在想来，他还真没骗我。我不该打他的。”他朝我伸手，我把胶带递给他，他又说了一句，“你做一个好学生就好了，有人欺负你，我就帮你弄死他。”

我站了起来：“我这么不起眼，没人会欺负我。吃饭吧。”

我盛了两碗饭端上桌。

他走过来，不满意地大叫：“就吃这个啊？”

“嗯。我不会做其他的。”

他有点儿委屈地拿起筷子，扒了一大口。

过了一会儿，他问：“还有吗？我还想要一碗。”

吃完饭我送他走出门外，他说：“谢谢。”

我笑道：“原来你居然还知道有‘谢谢’这个词儿。”

“我知道的。我虽然不是好人，但也不是完全没良心的。”

从这以后，阮冬阳跟我的关系突然一下就变得亲近了。我开玩笑他也不会生气，他吃饭经常会叫上我，偶尔也会来我家玩儿。他很快跟我奶奶混熟了，并且还在我奶奶面前伪装出懂礼貌树新风的好学生的样子。



他经常向我打听红花的消息，问我红花喜欢吃什么，喜欢哪个演员，喜欢什么颜色，喜欢什么花，甚至床头放什么书，洗完头发用不用吹风机，等等。

虽然问了这么多问题，对红花的了解也足够多，但他还是没能追到红花。

红花一直对阮冬阳不冷不热，外加一点儿也不耐烦。一群朋友嘻嘻哈哈地玩闹着还好，一拿她和阮冬阳开玩笑就马上变脸，说：“我不会喜欢他的，你们别乱说。”

阮冬阳之前一直不喜欢参加班级活动，除非是特别搞笑、特别好玩儿的。但是，他这次居然参加了学校统一组织的春游。

以他的话说：“春游就是一群打着亲近大自然旗号的人，把吃零食的行为从城里搬到乡下，大自然才不愿意鸟他们。有生之年我都不会参加这种活动。”

紧接着，他就相当于打自己耳光似的在参加春游的统计名单上愉快地签上了自己的名字。

原因是——这次春游红花也去。

他早早地上了大巴，挑了一个中间的位置，靠窗的位置放着自己的包，那是留给红花的。结果红花没有上这辆车。车开动以后，他非常不满意地把自己挪到窗边，双臂交叉在胸前就开始睡觉。车开动以后，音乐委员起了一首歌，大家边拍手边合唱。阮冬阳心情烦躁地喊了一句："别他妈唱了，叫春啊？"

大家渐渐安静了下来，整车的人都盯着阮冬阳。他用手指着音乐委员："你要是再他妈吵老子睡觉，就马上把你扔下去，说到做到。"

阮冬阳闭上眼睛继续睡觉。没有一个人再讲一句话，车厢里的沉寂让人完全感觉不到春游的快乐气息。

我坐在最后一排，旁边的两个女生在悄悄讨论他。

一个说："他怎么那么坏啊，又没人招他惹他。"

另一个说："仗势欺人呗，仗着家里条件好谁都不放在眼里，连老师都敢惹。也就现在能吓唬吓唬人，以后不知道吃多少亏呢。"

我默默地咬着手指没有说话。

下了车，大家欢呼雀跃，拍照、看花、分享午餐。

我吃了一包饼干之后，环顾四周发现周围的人里没有阮冬阳。

起身找了一圈，在景区的垃圾桶旁边发现了蹲着的他。

我问："你在这儿干吗？"

他转过身，把食指比在嘴上，"嘘"了一声。

我蹑手蹑脚地走近，看到他前面有一只脏兮兮的小猫，他的手上摊着一些掰成段儿的火腿肠。

"流浪猫？"

"嗯，"阮冬阳又掰了一小段儿扔到地上，说，"应该是的，看它这么脏，而且在垃圾桶旁边找吃的。”

“你要是对人也这么好就好了。”

“我对你不好吗？说了我罩你啊。”

“就刚刚车上，大家开开心心的，就因为你的一句话，整个春游的心情就都被破坏了。”

“那关我屁事啊。”

“唉，阮冬阳，你知道为什么红花不喜欢你吗？”

“为什么？”他停下喂食郑重地看向我。

“因为你只看得到你自己，只顾你自己开心，跟你在一起，实在是太丢人了。”我缓慢而清晰地说。



他低下头抚摸着那只小猫，从头到尾都没有说话。

春游结束的时候，那只猫赖上了阮冬阳。阮冬阳走到哪里，它就跟到哪里。

阮冬阳就这样收养了这只猫，给它取名 biubiu。

阮冬阳对人的脾气不好，可是对 biubiu 却有极大的耐心，甚至放学以后都不去网吧打游戏了，赶着回家给 biubiu 喂吃的。

再一次见到 biubiu 的时候我完全没有认出来，它长大了一些，也长胖了，毛色光泽发亮。它在阮冬阳的脚边，正专心致志地玩儿着阮冬阳的裤脚，跟第一次在垃圾桶旁边见到的完全判若两猫。

阮冬阳带着 biubiu 来我家，奶奶给他泡了一杯茶。他笑容洋溢、声音温柔：“谢谢奶奶。”我奶奶的眼睛都笑没了：“这孩子，真乖！那你们玩儿着啊，我去给你们弄好吃的。”

奶奶进了厨房，阮冬阳说：“你看你看，同样一家人，怎么你就那么小气，你奶奶那么大方呢。”

我翻白眼。

他戳我额头：“别天天翻白眼，本来就不漂亮，一翻白眼更丑。”

我捂着额头，把白眼翻得更彻底，眼睛都翻疼了。

“明天你来帮我个忙。”

阮冬阳让我帮的忙其实不难。

他结合所有的点子以及偶像剧精华，策划了一场非常浪漫的告白仪式，出动了几乎所有的朋友。

他的家门口放上了两排蜡烛，铺成了一条小道，小道上全是玫瑰花瓣。顺着小道走进屋，是一个蜡烛围成的爱心，他抱着玫瑰花站在中间。屋子里的楼梯上、栏杆上都系满了气球，俨然一副准备求婚的样子。

等把一切准备好，大家就围着阮冬阳，屏息等着阮冬阳给红花打电话。

阮冬阳说：“你还记得我们约了六点见面的吧？你能找到地方吗？什么，我不是专门跟你说了吗？那你现在赶紧过来啊。你在哪儿？乡下？你怎么又跑去乡下了，一共才放两天假啊。你什么时候回来？明天要上课你怎么能不知道呢？喂？”

阮冬阳把手垂下来，突然抬手把手机狠狠摔到了墙上，一脚踢飞摆好的蜡烛。

大家一惊，赶紧把那些被他踢倒、踢飞的蜡烛捡起来吹灭，生怕引起火灾。

阮冬阳在地上坐了一会儿，biubiu 来到他的腿边蹭他。他摸摸 biubiu，看着我们说：“对不起，饭就改天再请你们吃吧。”大家点点头表示理解，纷纷走出阮冬阳的家门。

还没走出小区，手机就“滴滴”作响，阮冬阳的短信进来了。

他说：“你回来。”

我站在门口："干吗叫我回来？"

"跟我一起收拾一下啊。"

我换了鞋，把蜡烛放到一起，被摔出来的电池重新装回手机里，屏幕裂了。但是还能开机，屏保是红花的照片。

我把手机递给他，和他一起抠地上的蜡。

"她是不是真的一点儿都不喜欢我？"他问。

"我也不知道。我不清楚你们俩之间的事儿。"

"走吧。出去吃饭！"阮冬阳站起身来。

"你不怕家里人回来问啊？"我看着那些气球说。

"我家里就我一个人。"他说。

"嗯？"

"我爸妈离婚了。现在我一个人住这儿。"

"哦。"

走在小区的时候我不停吸鼻子，说："好香啊。不知道是什么味道，学校里也有。"

阮冬阳也吸了吸鼻子，四处看了看，指向一棵高高大大的树，说："是那个。"

我跑过去："真的吗？看起来也没开什么花啊，怎么这么香，这个味道太好闻了。"

能够得着的地方都被人摘掉了，我踮起脚想要抓一个枝条来摘一朵，却依旧够不着。

阮冬阳从我背后伸手，轻轻松松地摘了下来放在我手上说："这个叫黄桷兰。"

我手心躺着两朵小小的、含苞待放的花，淡黄色的花瓣合着，长长的一条，窜进鼻子里的，都是沁人心脾的芬芳。

我跟阮冬阳去了一家离学校不远的、大家都非常喜欢去的中餐馆。

点了几个菜，等菜的时候我一边研究着那两朵花，一边跟阮冬阳说着话。说着说着，阮冬阳的眼神就不对了。

我很少见过他那个眼神。

他暴躁过，愤怒过，但是像这种眼眶发红又充满激动冷漠的眼神，我第一次见。

我回过头看见了红花。她和几个同学一起，正在结账处说说笑笑。

一抬眼，她就瞥到了我们，笑容就淡了下去。阮冬阳死死地盯着她，直到她出门。阮冬阳才抹了抹眼睛，拿起筷子说："吃饭吧。"

我不知道红花为什么那么讨厌阮冬阳，也不知道他们之间到底发生了什么。只是这一次之后，阮冬阳就很少跟我提起红花，也不再问关于红花的事，跟我的关系变得更好了。

下一学期，阮冬阳就转学去了更大的城市和更好的学校。

下自习的时候，我一个人走在那条之前和他一起走过的路上，给他回短信。

他有时候说："今天在食堂吃饭居然吃出了石子，我靠。"

有时候说："中午背单词背睡着了，头差点儿把手臂压断了。"

有时候说："我们学校有一条特别好看的银杏路，这段时间银杏叶全变黄了，特别好看，下次来带你转转。"

有时候说："这次月考我数学考了一百四。你能考四十就不错了吧，哈哈。"

有时候说："我挺想你的。"

我们就这样送走了高中剩下的岁月。

再一次见到阮冬阳的时候，已是高考结束以后了。

我很久没有见到他，想着他吊儿郎当地跟我说："嗨，好久不见，我是不是又帅了？”没想到再见的时候是这个样子。

他出了车祸，说来还真是咎由自取。头天晚上没睡好，第二天因为红花的一句话坚持到她的城市去接她，结果因疲劳驾驶在路上冲出了车道，翻到一个沟里了。

而红花居然说：“善有善报恶有恶报。”

我心里涌起的不知道是难过还是愤怒，转过头压低声音对她说：“他都这样了，你说话就别那么难听了。什么叫恶有恶报？就算别人觉得他不懂事为人不好，但是他对你从头到尾做过什么伤天害理的事儿吗？他对你永远都是鞍前马后有求必应，到底有什么对不起你的让你非得这么说他？”

红花看着我：“那他是做什么了让你这么护着他？”

“因为……他是我朋友。”

“那叫你朋友别喜欢我啊。”她看了我一眼，踩着高跟鞋出了门，高跟鞋敲打地面的声音一直回荡在病房里。我看着鼻青脸肿的阮冬阳，心里像堵着一块石头，每呼吸一口都显得格外吃力。

这场小车祸没什么大碍，阮冬阳恢复得很快。

高考过后有大把大把的时间，于是我每天都去看阮冬阳。

我给他削了一个苹果，再切成小块装到盘子里，拿叉子递给他。他说：“我怎么觉得这像是临终关怀啊。”

“要不是那个沟浅，恐怕连临终关怀都没机会了，应该是现在正在给你烧纸钱。”我说。

“你说的沟浅是指……”他瞄了瞄我的胸口。

我一掌拍到他头上：“神经病啊，看什么看！”

“也是，没什么好看的。”他耸了耸肩，叉起一块苹果笑盈盈地吃着，“不过，真的幸好沟浅啊。对了，把你手机给我用用。”

我从包里翻出手机递给他。

他接过手机按了几个数字，又把手机放下来，似乎在酝酿着说什么。

“她已经来过了。”我说。

“我知道。”

“我没想打给她，只是想发条短信给我爸。我好久没跟他好好说过话了。”

“你怎么知道她来过？”

他眼睛盯着手机说：“我听到你们吵架了，就是太累了懒得睁眼睛说话。以后别为了我跟别人吵架，我本身就不是什么好人。你也知道。”

他顿了顿：“不过，即使是我这样的人也有朋友，不是吗？”

医生建议他静养几个月，于是那个暑假阮冬阳一改以前的习惯，被身体拖累着待在家里极少出门。有时候是在我家，有时候是在他家。看太宰治，玩实况足球。

奶奶从厨房叫我去端西瓜，说：“这个瓜可甜了，我专门跟那个老太太说让给我挑个好的。这个可好了，你给冬阳端去。”

“对他比对我还好。”我嘟囔了一句。

“那你能跟冬阳比？人家多懂事，小伙子礼貌又会关心人。上次我随口说了一句‘腿疼’，第二天就给我带药来了。是我孙子的话，我嘴巴都得笑裂啊。”

我撇撇嘴，端着盘子走出厨房，放到阮冬阳旁边。

阮冬阳靠着沙发坐在地板上看书，biubiu趴在他脚旁边，问：“对了，你看看我眼睛这里还有印吗？”

我坐下来凑近他看，眉毛旁边有一个浅浅的、米粒大的凸出来的疤痕，说："有一点儿啊。"

"我去，风华正茂就毁容了啊。"他摸了摸那个疤痕说道。

"没事，不仔细看看不出来。"

这时的阮冬阳，已经从车祸的鼻青脸肿、看不清轮廓恢复得差不多了。他的头发还没有完全长起来，但是短短的看起来更阳光，他的眼睛也是亮亮的。

我突然意识到，原来阮冬阳已经不是当初那个又矮又瘦的小猴子了。他放下书逗 biubiu 玩儿，五官俊朗身体修长，完全像是一幅画报。

我严肃地点点头："真的，这点疤没什么。你要知道你能在我的人生里撑这么多年，凭的就是这张脸啊。"

他大笑："哈哈，这倒是实话。那你知道你是靠什么在我人生里撑这么多年的吗？"

"长相！"说完我自己都摇了摇头，"我觉得应该是人格魅力吧。"

他伸出手，拍了拍后面的沙发，说："在这个位置，你帮我包扎过伤口。那个时候我离家出走，没钱又饿觉得无依无靠，是你给了我一顿饭。我就是那个时候把你当真正的朋友的，现在想来那顿饭还挺好吃的，什么时候再做一顿呗。"

这顿饭一拖再拖，直到我们都考上了大学，机会就更少了。

出乎所有人意料的是，阮冬阳高考考得非常好。在家里人的建议下，他出国念书了。

我们有几个小时的时差，偶尔在网上碰到会聊聊。他跟我说说那边的生活，我跟他讲讲身边的趣事。我们心照不宣地再也没有提起过红花。

他最开始还会上社交网站，到后来频率就越来越低，甚至没有。

跟我在同一个学校的时候，我没见阮冬阳学习过，考上大学之后却经常看到他学习。跟我视频的时候他坐在电脑前面，旁边摆着一摞资料，边翻译边做笔记，认真得像是马上要高考。

大二那年，阮冬阳和我在高中时期的一个共同的朋友，出差来到了我大学所在的城市，说请我吃顿饭。

在饭桌上，我们聊到了阮冬阳。他说："这家伙如果不是那件事儿的话，说不定还是一个混混儿，没想到居然考上大学了。"

我问："什么事儿啊？"

他说："就是让阮冬阳转学那件事儿，你不知道吗？"

我摇摇头："不是说那个学校更好吗？"

"屁啊。"

我到那时才知道阮冬阳转学的始末。

红花跟阮冬阳说最近有个男的一直骚扰她，苍蝇似的赶都赶不走。

阮冬阳就给那个男的打了一个电话说："你别骚扰她，再骚扰要你好看。"

那男的大概是不知道阮冬阳的脾气，回答阮冬阳说："是她一直别扭着要分，不跟我分干净，又不跟我和好。真会添油加醋啊，现在仗着有后台就跟我耍威风了是吧，还不是我吃剩下的。"

阮冬阳不动声色地挂了电话，召集了一堆朋友，逃课去那个男生的学校门口堵着。放学时在校门口，他们把那个男生打到三根肋骨骨折，还用小的水果刀在男生的腿上、屁股上、手上扎了二十多刀，刀刀避开要害。

结束之后，二十几个人拦了几辆出租车扬长而去。他在车上给医院打了个电话，说有急救的病人。

他们去外地吃喝玩乐了十多天，等家里人把这事儿摆平。阮冬阳一个人赔了五万多，其他参与的人，有的赔两万，有的赔三万，数目不等。家里害怕他再闯祸，就让他转学了。

我以前一直都知道阮冬阳抽烟喝酒打架，但是我不知道他做过这件事，诧异得好久没说话。过了许久，我才说："你们这群人，家里给你们创造了那么好的条件，为什么不好好奋斗呢？"

那个朋友一耸肩："对啊，有这么好的条件，干吗还要奋斗呢！"

阮冬阳在大二的时候回国了。

我去机场接他，他拉着行李箱走过来，脸上是能点亮四面风的笑容。他毫不犹豫地走过来，一只手给了我一个拥抱说："好久不见。"



我说："好久不见。"

我明显能够感觉到阮冬阳的变化，他不再说脏话，身上也没有了烟味儿，听人讲话会礼貌地倾听而不会中途打断。有人问路，他查了一下地图还是会说，"不好意思不确定"，说话稳重又平静。他用法语打着电话，虽然我听不懂，但还是觉得很好听。

安顿好以后，他陪我在学校散步。

问起那件事，我说："你为什么没告诉我你转学的原因是这个？"

他说："没有必要啊，这种事情你还是不知道的好。虽然我从来没在你面前伪装过好人，但是还是不要让你看到我更坏的一面。而且我觉得特别可笑。"

"什么，可笑？"

"其实我之前做的那些事，现在回忆起来就三个字，没意思。喜欢她很没意思，打架很没意思，建立那些不牢靠的社交也很没意思。"

"你当年不是特别喜欢她吗？"

"对，所以说那个时候小啊。那个时候喜欢的东西，现在不过就是个消遣。她之前找过我，我拒绝了。”

“你为什么要拒绝？”

“我觉得其实她没那么好，比她漂亮的，比她懂事的，比她爱我的，一抓一大把，我干吗要在一个这么普通的人身上浪费那么多时间，多没意思。之前喜欢她，可能是觉得她跟我们不一样，而现在我已经成长了，她却还在原地踏步，就觉得更没意思。”

他停在树下，眯起眼睛看树上透下来的阳光继续说：“我有时候觉得人都是命，我还挺感谢她的。如果不是她，我现在可能已经在监狱里面待着了。有一天晚上我做梦，梦到自己开着车，还是那条路，但是下面是个悬崖，我冲下去了。我就在掉下去的过程中醒来了，在床上一动也不能动。我就想万一我死在那天怎么办，我现在还是后怕。”

他走了两步，来到一棵大树下，踮起脚摘了一朵小花放到我手上，“这个又开了。”

我把那朵黄桷兰举到鼻子下闻了闻说：“好香。”

“所以我要趁我还活着，多做一些有意义的事情，做一些让我以后挥霍生命的时候，也觉得有资格的事情。”他说。

他出国前把家里的钥匙交给了我，说：“你回家的时候帮我打扫一下。”

我去过两次，帮他稍微打扫了一下。biubiu 被他交给了旁边的邻居，已经是一只眼神慵懒又贪吃的大肥猫，正趴在椅子上晒太阳，眼神里的不耐烦简直和阮冬阳中学时如出一辙。

拖地的时候，看到地上有一块小小的污渍，我蹲下来仔细看，发现原来是一滴蜡。

那些气球挂在哪里我还记得，那些蜡烛是怎么摆的我也记得，那天的玫瑰花有多少朵我记得，那天阮冬阳的期待和激动我也记得。只是那个他，那个幼稚的他，我已经告别了。

我已经看着他，从叛逆冲动的少年，长到了理智而懂事的大人。他不会再在听到难过的事情时找我聊一聊，他不会再在拿不定主意的时候来征求我的意见。他现在开始引导我、宽容我，像一个大人一样地安慰我，说那些好的东西总有一天会和我相遇。

路过学校的时候正碰上放学。那群孩子穿着校服，有的在抱怨这次考的成绩不好，有的在商量吃什么，有的在说谁和谁谈恋爱了，有的肩并肩走着但一眼就能看出是小情侣。然后我看到了你，你矮矮的，挎着一个包，袖子里藏着一根烟，慢腾腾、懒洋洋地朝我走来。

我急得跳脚：

“阮冬阳，你走快点儿啊，还要不要一起回家了？”

流过泪的眼睛会重新欢笑成一条缝，说过伤人话语的嘴会重新再说“我爱你”，推开一个人的双手会再拉一个人入怀，流过血的心脏会重新愈合再长出希望。在爱和战争里，从来没有公平可言，在爱中制造战争，并在战争中制造爱。对了，这就是我们身处的世界，青山不改，绿水长流。

谁

不曾为爱

chapter 03

# 谁不曾为爱翻山越岭

翻山越岭

我和沈一新认识十年了，但我从来没有觉得我真正了解过她。

比如今天晚上，我喝了点儿酒在她家睡，抱着她的公仔，在床上滚来滚去玩手机，等着她洗完澡出来跟我聊天，总觉得枕头下有东西硌着我。

我把手伸进枕头下摸，摸到一个冰冰凉的东西，条件反射把手缩回来，坐起来，把枕头拿开，我就看到了一把小小的军刀。

我以为是模型，好奇地拿起来，把刀从刀鞘里拔出来，却傻了眼，那把刀被磨得发亮，刀尖像针一样，刀刃像纸一样薄，散发着寒光。我伸出手指摸了摸刀面，听到浴室门打开的声音，手一抖，手上已经被划了一道口子，鲜血毫无预兆地滴在床单上，我急忙放下刀，把手伸出床外，另外一只手慌乱地从包里掏纸巾。

她走过来，把擦头发的浴巾扔到一边。看着我滴滴答答一滴一滴往地板上滴血的手指，捏住我大拇指的根部，往上一拉，说你把手举高点。

我听话乖乖举着。

她拿了一瓶碘伏倒在一小块医用棉上，用镊子夹着，小心翼翼帮我清理伤口。末了用纱布帮我包上。

她收拾好东西，表情平常地从抽屉里拿出一块布把刀擦了擦，塞回刀鞘里，继续拿着浴巾擦头发。

我端详着被包得圆圆滚滚的手指，说，对不起啊，不应该乱动你东西。把你屋弄脏了。

她一笑，没事，你下次小心点，别再冒冒失失的，把自己弄伤了。怎么那么笨，老把自己弄伤。从小就是，现在还是。都不长点儿记性。

这把刀是？

朋友送的，据说是很好的刀。

怎么会有人送刀啊，干吗要放枕头下面，多吓人啊。

哦，那个啊。因为有时候会做噩梦。

放把刀就不会做了吗？哦，我好像也听说过。

不是。方便随时捅死让我做噩梦的人。

她又一笑，坐在化妆镜前拍脸。

镜子里的她脸色红润，一双大眼和上扬的嘴角，人畜无害又柔弱的样子，长长的直发垂在腰际，腰肢纤细，女人味十足。

所以我更加觉得，沈一新跟我不是一个道行。

我和沈一新认识觉得是个意外。

虽然我之前就见过她。

那个时候我初中，沈一新跟我是校友。

她是一朵奇女子。之所以奇是因为她并不像个女孩子。她矮矮瘦瘦的，头发长度还够不到耳朵，没胸没屁股，穿着肥大的校服，每天下午下课的时候就一圈又一圈地在操场里跑步。

只要不下雨就都能看到她的身影，一圈又一圈，像个只会跑步的面无表情的机器。跑完了她就在操场旁边的阶梯上坐一会儿，有时候路过我旁边，脸色潮红，额头上全是汗水。

朋友扯着我的袖子，跟我说，呐，就是她，就是我上次跟你说的那个三班的那个女生。

哪个？

就是那个仗着成绩好特别傲的那个女生啊，谁跟她说话都不爱搭理，也没什么朋友，得了奖学金让她上去发言都不去。她们说她有皮肤病，要么就是身上有疤，你看都这么热了，她还穿长袖长裤，从来没露过胳膊和腿。你说是不是有问题。

我点点头，可能是吧。唉，管她呢，反正不是咱们班的，没我们什么事儿。

啧啧，走远点啊，别离她太近，万一传染呢。

哦，好的。我答道。

我原本以为我一辈子都不会和沈一新扯上关系，她这样的人也不应该和我扯上什么关系。

直到某一天我哥莫名其妙地被沈一新打了一顿。

我哥在一天晚自习后请我出去吃宵夜，两个人打打闹闹开着玩笑，他说着我前两天的糗事，我怒了，他搂着我的肩膀说好啦好啦别生气，吃完饭咱们就回家。吃完回去洗个头，看你头发油得，我想摸下你头都下不去手。

我瞪他，同时使劲往外推开他，那你倒是别摸啊，你别碰我，你放手啊你，烦不烦。

他一倔，搂得更紧了，说我偏不。

我就拉拉扯扯地和他推搡着说你别碰我，他重复着我偏不偏不。

话音刚落，他就扑出去了好几步一个踉跄摔在地上。

我和他都愣住了，回头一看，沈一新背着书包严肃地看着我哥，目光凶狠。

我哥被人偷袭了还没反应过来，正准备爬起来开打或者开骂，沈一新就先发制人地冲了两步，一书包砸到他头上，边砸边使劲儿冲我喊，你快跑啊。

我被她的这一出弄得不知所措，反应过来的第一件事就是把她拉开，吼道你干吗打我哥啊？

他是你哥？

我点点头。

有血缘关系的？

不然呢？

她呼地一下松了一口气，直起身来，说对不起啊。我以为他不是好人，想占你便宜。

我哥白了她一眼，爬起来，拍拍衣服，你一小姑娘武侠剧看多了吧？脑子里塞的炸药包啊？

她偷偷瞟了一眼他，说对不起。

我哥检查着校服后面那个脚印，说算了，你也是为我妹好，就下次能好好说话再动手吗？我又不好意思打女人。

真的对不起啊。

我哥摇了摇头，说你们俩去吃东西吧，我先回去把衣服换了。说完我哥从书包口袋里掏出几张钱给我，说早点回来。

剩下我和沈一新两个人。我们就这么认识了。

沈一新和传言中一样不爱说话。

但是她并不是高傲，她只是内向。

她没有朋友，一个人吃饭，一个人写作业，一个人回家，一个人跑步。有人跟她讲话她会礼貌地回应，但是基本上说几句话后她就微笑沉默低头写作业或者是看路，也就把对方的话匣子关上了。

她不是那么一个招人喜欢的人。因为她眼睛里看不到别人，老师的眼睛里好像也只看得到她一个人。提问的时候是，发试卷的时候是，期中总结的时候也是。

她沉默内敛，本来是想隐身在人群中，却因此成了鹤立鸡群的那一个。



我认识她，跟她有过交集，但是我胆小懦弱，并不敢跟她走得太近，要是我和她走得太近，我也会变得和她一样不合群不招人喜欢。

在女生的八卦中，我听到过不少关于她的事情。

说她家好像以前挺有钱的，家里出了事就不怎么样了，生活得很拮据。说她也不是在城里长大的，小时候也在农村，难怪一股乡土气息也不大会打扮。说她绝对是偷偷给杨迪写过情书，不然杨迪怎么会跟她走那么近。

杨迪是校队最受欢迎的男生，不像其他刚刚上初中的男生还没有长个子，杨迪初中就已经长得很高，四肢发达，经常和沈一新一起跑步，两人说说笑笑地跑个几圈，杨迪继续训练，沈一新回教室。

如果说之前沈一新的不合群是导火索的话，那么杨迪对沈一新展露的笑容则是点燃这根导火索的火柴。



那个抱团的小组织开始明目张胆地欺负沈一新。

把她的衣服扔到地上踩几脚，在她的凳子上涂502胶水，偷偷地把她的作业本藏起来，故意地指指点点。

不知道是沈一新真的心理素质强大还是装出来的毫不在意，这些事似乎丝毫没有影响到她。她把衣服捡起来洗干净晾到顶楼，在凳子上垫上报纸，再规规矩矩地重新写一份作业，也似乎听不到任何议论她的语言。

她每天抱着书穿梭在教学楼和操场中间，围着操场一圈一圈地跑，像个小男生，却满脸坚定。她很少笑，很少哭，很少发火，很少说话，很少有别的表情。不知道为什么，我那个时候就觉得，沈一新将来一定会是很厉害的人。因为她现在已经比我们厉害了，我们忙着去关心别人的生活，她就已经活得世界上好像只剩下她一个人了。

沈一新第一次发火是在初二那一年的圣诞节。

那时候洋节刚刚流行起来，朋友之间都互送礼物，平安夜的时候，杨迪给沈一新买了一个苹果，几个棒棒糖，送到宿舍楼下。

于是导火索就刺啦刺啦地窜着，火光跑向了炸药包。

第二天，沈一新回到宿舍，放下饭盒，出去打开水，回来的时候已经感受到了一些异样的期待的目光。她对这些目光早已习惯，不动声色地打开饭盒，吃了一口，觉得不对，反胃，但是她还是细嚼慢咽地把那一口被掺了洗衣粉的饭吞下去了。

她合上饭盒，想爬上铺的床找饼干，手一摸到被子那一瞬间所有的理智就都没有了。

她的被子上被泼了冷水，那个时候是一年里最冷的月份。

她站在梯子旁边，目光冷冽得像是一把剑，她问，是谁干的？

宿舍里的人都沉默了，有几个人笑着窃窃私语，过了几秒，宿舍又恢复了之前的氛围，她的那个问句像是烟一样被她们的轻描淡写吹散了。

沈一新在原地站了几秒，拳头捏得指骨都作响，她突然很快地在谁都没有反应过来的时候，冲到了那个带头的女生面前，双手卡住她的脖子把她抵在墙边。

这时全宿舍都安静了，接着几个女生反应过来就尖叫着往沈一新的身上扑想把她拉开，沈一新不管那些来攻击她的人，只是把那个女生的脖子卡得更紧，接着眼睛发红地说，你们要再敢碰我一下，我就把她脖子拧断，要不试试？

这话一说完，那个被她卡住的女生已经从脖子里发出一种怪声了，沈一新看着她们往后退了一步，微微松了点手腾出一点空间。

她控制了一下自己的颤音，说，你们给我听好了，我今天说第一次也是最后一次，这两年我没招你们惹你们，你们要想活得跟蛆一样那是你们的事儿别拉上我垫背。我不跟你们计较不是因为我懦弱，是因为我不想招惹是非。我只想安安静静地把书读完，你们的事我管不着，但是你们别挡我的路，因为你们也挡不住我的路，我会把你们撕成一块一块的。

说完这段话，她放开手，活动了一下手腕，那个女生已经脸色苍白，一直不停干呕，眼泪也止不住地往下滑。

女生们自然地让出一条道让她走过，她抱上书出门，在那个还在干呕的女生面前停下来说，我希望这种事情不要再发生了。不过你们要想继续整我也没关系，只是如果要继续的话，你们最好整死我，不然你们以后都得死。

这件事以后，再也没有人欺负过她。

初三的操场里，就只有杨迪一个人跑步了。

沈一新转学了。有可能是找到了更好的学校，有可能是实在不想再在这个学校受到排挤。她到了新的环境会怎样，会不会还是沉默寡言，会不会还是会围着操场一圈一圈地跑，我并不知道。

我很担心她，想知道她的情况，但是我想起，我根本就没有她的联系方式。

我不知道她家住哪里，不知道她家的电话是多少，除了名字和长相，我对她一无所知。她毫无预兆地消失了，我甚至感觉，从今以后我都不会再有机会见到她。

我自然是高估了这个小城的面积。

高一的时候我升入一所重点高中，开学没多久，我就再次见到了沈一新。

我险些没认出她来。

她长高了一些，短短一年时间，头发已经到了胸前，齐刘海，穿着 T 恤和牛仔裤，在阳台上手撑着半边脸跟朋友说话，灿烂地一笑，她的目光转向这边，看到了我。跑过来给我打招呼，站着跟我寒暄了几句，指指手表说，要上课了，我先进去了，我就在这个班，记得来找我玩啊。

她进了教室，在走廊上还停下来跟同学说了两句话，坐回自己的位置上找下节课要用的书。

上课了很久，老师在前面讲着重力，我的脑子里却一直是沈一新的笑容。

在之前那个学校，我从来没见她这么笑过。

高中的操场更大，操场边上是篮球场，站了一排梧桐树。

不过我再也没有看到她像一个假小子一样一圈一圈地围着操场跑了。

下晚自习的时候跟朋友去操场散步，在看台边看到她，旁边还坐着一个人，走近才看清楚是杨迪。

沈一新把腿伸在看台外晃啊晃，手枕在栏杆上，头靠在手臂上，看着杨迪。两个人并肩坐着，灯光投在他们的身上，洒下一片阴影，沈一新在这个时候格外温柔好看。

我甚至觉得，那个在宿舍里卡着对方的脖子的那个她，或许只是个幻觉。



沈一新高中的时候成绩也不错。她不玩游戏，不去 KTV，不怎么买东西，夏天还是长衣长裤，扎一个高高的马尾，在公车上背单词，路过一棵银杏树的时候跟我说，昨天新叶都还没长出来今天就已经露头了，真神奇。

她不再内向，性格温和，乐于帮忙，有不少朋友，上厕所都有人陪着一起去。

我问过她和杨迪的关系，她笑笑说朋友啊，不然还能是什么。

我心里想，从初中到高中，两个人关系都这么特别，怎么可能是朋友。

沈一新很快用实际行动证明了她的话。

她恋爱了。对象不是杨迪。是一个学弟，据说是个富二代，家里很有钱，男生对人也不错。

但是脾气不是很好，也不是什么好学生。

坠入爱河的沈一新更加柔情似水，整个人眼神都柔和起来，说话的时候眼角带笑地看着对方，声音轻柔，又欢喜又雀跃。在下课的时候给学弟织围巾、折幸运星、写交换日记，像是要把全世界的好都给他。在回家上的公车上说起他，羞涩地一笑，夕阳投在她的脸上，她的脸上写满了欢乐和幸福。

学弟在“12·9”晚会上唱歌，唱完还说了一句沈一新我爱你。引得台下一篇起哄，老师们面面相觑，一段时间被学生们纷纷议论。

但是沈一新还是失恋了。

她这个恋失得莫名其妙。

前一天还甜甜蜜蜜地在一起，第二天就分手了。

没人知道原因和理由。沈一新也没有提过。问她也仅仅是说，就分了呗有什么原因啊。

或许感情这种东西就是莫名其妙在你不知道它是怎么来的 同时你也不知道它是怎么走的。

从那以后我就再也没有从沈一新的口里听到过这个男生的名字。

我一直都很佩服沈一新这一点。她是那种说了再见就可以大步流星地往前走的人。好像那些过去在说再见的同时，就一下子灰飞烟灭得什么都不剩。

这时候高考在即，沈一新的脸上看不到悲伤，只看得到倦容。一起回家的公交上，她背着单词，背着数学公式，背着古文诗词，我们提到学弟的时候，她也只是淡然一笑，说都过去了。轻描淡写得像那个曾经欢喜雀跃的她，从来都没有过。

有一次她背着单词睡着了，我拉着吊环站在她座位旁边，帮她把睡着时滑落的英语书捡起来，弯腰的时候，屁股被人捏了一把。

我愣愣地起身，回头一看，一个中年男人把头转过去，我死死地盯着他看，瞪了他两眼，他转过头来看到我在看他，反而一笑。

我觉得屈辱极了，不知道该说些什么，也不知道该怎么办，气得浑身发抖脑子里一片空白，拼命往沈一新的座位旁边挤，想要离他远点。报站的声音响起，沈一新醒了，问我，到了吗？

我摇摇头，又往她旁边挤了挤。都快站到她的椅子前面了。

怎么了？她问我。

车到站，那个中年男人顺势挤下了车。

我俯下身小声跟沈一新说，那个人占我便宜。

哪个？她的目光突然就严峻起来。

刚刚下车那个。

下车了？

嗯。我低眉顺眼地看着她，点了点头。

她一下子站起来，拉着我的手，喊道，师傅停下车。

车门打开，沈一新拖着我下车，问，是哪一个？

我指了指不远处那个正在往前走的中年男人，说是他，穿蓝衣服那个。

沈一新一个箭步冲了上去，抓住那个男人的袖子，指着我说，你跟她道歉。

男人眉头一皱，道什么歉，你神经病吧？

你占人便宜了，道歉，快点。沈一新面无表情地抓着男人的袖子。

我占她便宜？你哪只眼睛看见了？证据呢？没证据你就是诬陷。

我扯沈一新的衣服小声说，算了吧。争不过他的。

男人手一摊，你看嘛，都说没有证据嘛，连个人证都没有。

沈一新的目光突然就冷了下来，她全神贯注地盯着那个男人，目光是我从没有见过的冷冽，她说，你再说一遍？

男人不以为然，你烦不烦啊，没有证据就不要冤枉人，有谁看见了出来做证啊，有本事你把眼睛抠出来看看眼睛说话不。

沈一新深呼吸了一下。看向别的方向。

我知道她也没辙了，正准备拉着沈一新走，她就突然走近一步，抬起膝盖狠狠撞向男人裆部，我吓得目瞪口呆的同时，她就已经又用膝盖踢在捂着下体的男人的肚子了，再接着不给人反应的时间，把男人的手反扣着，不停地踢他的肚子。

我吓坏了，抱住沈一新不让她再动手。

男人倒在地上，灰头土脸，指着沈一新说，你给我等着，你这是故意伤害罪。

沈一新蹲下来系鞋带，冲男人一笑，是吗？你哪只眼睛看见是我打的，抠出来让它说说话啊。

她系好鞋带，牵着我推开人群走到站台，笑了一下，说，再等下一班车吧，还有好多试卷没写啊。

奇怪，刚刚她明明像个女侠，这一秒，又开始柔情似水了。

这就是我从来没有了解过沈一新的原因。

她是我见过的脾气最好的女生，也是我见过的打起架来最凶狠的人，只想着整死对方的那股狠劲、游刃有余的从容，和平时软软的笑容撒娇时的温柔语气，这些极端的东西怎么可能统一在一个人的体内。

我一直认为，一定要去对方家里玩过，两个人才算是好朋友。

在高考结束之后，我第一次去了沈一新家里，为了高考填报志愿。

她的家里和我平常看到的普通的家也没什么区别，杨迪也在，两个人正慵懒地躺在沙发上看电视。沈一新换了个新发型，齐肩短发，干净利落，脸上贴着一小块纱布，手肘上有一点伤。我也是第一次看到她穿短袖，下面穿了一个长裙，胳膊细圆，没有传说中的疤痕。

我问，你脸是怎么了？

杨迪回答，这白痴走在平路都能无缘无故摔一跤，我愣是没扶住，眼睁睁看着她栽下去的。

沈一新丢了一个枕头给杨迪，笑道，你别听他胡说，我是穿高跟鞋没走稳，摔了一跤。

我说，你们俩真没谈恋爱？

杨迪耸了耸肩，她不想跟我谈。

沈一新笑了一下，哪有，我现在都破相了，谁看得上我啊。

杨迪举手，我我我我我，求给个机会。

沈一新又一笑，好啦，别闹，你这么好的人我怎么舍得拿来谈恋爱，去我房间开电脑选志愿吧。

沈一新的房间是典型的女生的房间。

主色调为白色，床上放着两个公仔，被单被套都是粉红色，桌子上还放着几个可爱的摆件。但是房间的角落里，居然吊着一个练拳击用的沙包。墙壁上挂着一套跆拳道服。

我好奇地指了指那件衣服问来历。

她说我从初中就开始学这个了。

我点头，想到那天打那个公交色狼的场景，说道难怪那么猛。

那个是？我指指沙包。

没事的时候我就练练。我舒缓压力的方式可能跟你们不大一样。

杨迪插嘴说，有什么好惊讶的，她初中的时候完全就是个男孩子啊。

杨迪顿了一下，说道，说不定现在也还是呢。

沈一新轻轻在杨迪肩膀上捶了一下，说，再乱说打你啊。

沈一新考得比我好，大学之后我们每年见面的次数就寥寥无几了。

她好像发展得不错，无论是工作还是学习。

这也是常理中的事情，她脑子聪明，能吃苦，脾气也好，很少抱怨，大家都喜欢跟这样的人共事。

她留了长发，学了化妆，有许多颜色明亮的衣服，她过得越来越好，没有人相信她曾经是个假小子，没有人觉得她受到过排挤。

那些我们想要得到的闪闪发光的生活，在绕了一个大圈子之后，在她的身边停了下来。而我也渐渐忘记曾经她孤独的那些瞬间。

直到今天，沈一新拍完脸，掀开被子睡到我旁边来，我脑子里还是她枕头下的那把刀，我忍不住说，我有时候觉得你很奇怪。

她翻了一个身，把头转过来，一双大眼睛盯着我，哪里奇怪？

就是感觉，猜不透你。有时候觉得你温柔天真，有时候又觉得你城府很深。

为什么觉得我城府深呢？

大概是，觉得你跟我们不一样吧。我们都在谈恋爱，你却想着怎么赚钱，从来没有听你提过恋爱和喜欢谁的事，跟学弟分手以后，好像一两天就好了，好绝情啊。你好像根本就不在乎感情。

那你告诉我，我要是苦苦纠缠着他不放，就会有好结果吗？

也不是，也不光是说他。就是觉得你好像对什么都没什么情绪，也不知道你在想什么。

有什么好想的。都过去了。你知道人为什么要一直朝前走不回头看吗？因为回头看，你就永远都陷在一个泥潭里，但是你往前走，虽然不知道前面是什么，可能是悬崖也可能是草原，好在都是你没见过的。比较有意思。

说要往前走也没见你再正儿八经地谈个恋爱啊。

对于我来说，现在最重要的就两样东西，一是我学到的知识，二是我赚到的钱，这两样东西不会像感情这么缥缈不定，是我的就是我的，不会莫名其妙就消失了，但是爱会，你说不准它在什么时候就不见了，连原因都没有，所以干吗要依赖这种虚无缥缈的东西。

我有时候又很羡慕你，说真的，一新，我觉得你就是我想要变成的那种人的样子，你的性格，你又会撒娇又可以很强势，又很温柔但是工作上又很成熟。我虽然有时候猜不透你，但是我真的觉得你这样挺好的。我就想变成你这样的人。

她伸出手，关上灯，把手缩回被子里来，黑暗中我看不清她的表情，但我听到她轻轻叹了一口气，她说，我一点儿都不喜欢我自己，我也不觉得我自己是多么好的人，我希望那些还没有碰见我的人，都不要再碰见我。

为什么？

我从小就特别喜欢一个故事。说是一个村子里有一条恶龙，那条恶龙每年都要求村子里给他献祭一名女孩儿，每一年都会有英勇的少年去屠龙，但是从来无人生还。后来在又一名少年出发的时候，有人悄悄尾随到了龙穴。龙穴遍地都是金银珠宝，尾随的人看到少年拔出宝剑，杀死恶龙，坐在恶龙的尸首上，看着满地的金银，慢慢长出鳞片，长出犄角，变成恶龙。

挺好的故事，但是我没听太懂啊，这和你又有什么关系呢？

很多人都觉得我会成为那个屠龙少年，载誉而归，衣锦还乡，但是实际上，我想成为的是那条恶龙。不用苦练技艺，不用人心所向，我想长成那种特别自私的人，随心所欲不用照顾别人的感受也不去讨别人的欢心，高兴的时候就跟路过的人喝一杯，不高兴的时候就放火烧一整片草原，那些在你看来羡慕的好性格，全是被现实逼出来的，我根本不想长成这样。我讨厌屠龙少年。

我沉默了一会儿，不知道该说什么。

等我想好要说什么的时候，听到她在我旁边呼吸均匀，我不知道她睡着没有，也没有再开口。

之后沈一新开了个工作室，每天忙得累死累活的，全国各地到处跑，见到她的机会也越来越少。

和老朋友聚会的时候，偶尔会碰到杨迪。

提到沈一新，一脸无奈。

我是在某一天加班回家的车上接到杨迪的电话的，他说沈一新在跟他吃饭的时候说上洗手间然后没有打一个招呼就走了，也不接他的电话，他找了一圈也没有找到。让我打个电话问问。现在下很大的雨，他很担心她。让我帮忙找找。

我打了几个电话，都是无人接听。我让师傅改道去她回家的路。

在开了一段看到了一个熟悉的背影，她的身影在雨水里快速一闪而过，我连忙叫师傅倒回去一点，确认了是沈一新。

她走在人行道上，没有撑伞，头发服帖地在脸上，雨水顺着头发不断往下滑。

我叫她的名字，把她拖到车里来，她始终魂不守舍一言不发，问什么也只是摇头。

到了我家，我把她推到浴室，给她找了一件我的睡衣，把花洒打开，说你赶紧洗个澡，免得感冒了。

水的声音响起，我隐隐约约听到她的哭声。这是我跟她认识以来她第一次哭。

听着她从声音隐忍到放声大哭，我把电脑连上音响，把正在播放的美剧的声音开到很大。

她穿着我的睡衣从浴室走出来，头发湿漉漉的，皮肤潮红，原本普通的睡衣穿在她身上看起来性感又撩人。

她的小腿露在外面，我盯着看了两眼，说，以前她们说你身上肯定有疤或者是有皮肤病。所以一年四季都是穿的长衣长裤。



要看看吗？沈一新说。

我还没开口。

她就轻轻地脱去了睡衣，只剩下内衣，把睡衣扔到床上，在我面前转了一个圈，没有疤吧？

她皮肤白，也并没有传说中的疤痕和皮肤病。虽然都是女生，我也有点不好意思地转过头，那你为什么要穿那么多？

她笑了笑，盯向我的电脑屏幕，你也喜欢这部？

喜欢。我回头看了一下电脑上正在播放的《冰与火之歌》，点了点头，说我最喜欢Jon Snow，正直善良有原则。而且好帅啊，好man！你喜欢谁？

Arya。每次看她在睡前念她的暗杀名单，我就喜欢这小姑娘喜欢得不得了。对了，有刀吗？

我在抽屉里翻了翻，拿出一把水果刀递给她。

她压在枕头下，盖上被子，说，我睡了哦。

我说你至少给杨迪回个电话吧，他好担心你的。

她闭上眼睛，不回了。他今天跟我表白了。

真的吗真的吗？烛光晚餐玫瑰花吗？我从椅子上弹起来，坐到床上，看着她。

她点了点头说，我拒绝了。

为什么呀？你跟他多般配啊。你们俩从初中那会儿，我就觉得你们特般配，你就算是不喜欢他，给他个机会也没什么啊。

我喜欢他。

那你这不是作吗？喜欢又不在一起。

我配不上他。

胡说，要是说初中那会儿你配不上他我倒觉得是真的，那个时候你根本分不出男女属性，可是现在你哪有什么配不上他的。

她摇摇头，不说话。

你说啊你倒是，你倒是给个理由啊。我推了她一把。

她被我推了一把，坐起来，顺手拿过另外一个枕头抱着，缓缓开口，我小的时候，被性侵过。

什么？我惊得目瞪口呆，一时不敢相信自己的耳朵。

被我叔叔。

怎么会……

小的时候，去他们家玩，我妈我爸和我妹妹睡一张床，让我和他一起睡。我那个时候还小，不明白那是怎么一回事，只是觉得疼但是他又威胁我不准我哭。后来我长大了，知道那是什么的时候，就觉得自己特别恶心。所以我不穿短的，我觉得男人都特别恶心。我自己也恶心。我特别自卑，所以我想要比别人做得更好，我也想讨人喜欢，我什么都想，可是即使这样我还是觉得自己恶心。

我拉着她的手，不是你的错，你别这么说。

你又不是我。你不可能明白的。那种每天早上醒来都觉得自己恶心的心情你根本体会不到。我有时候会做那个梦，做了那个梦醒过来觉得世界都是灰的，杨迪，我是喜欢啊，但我怎么好意思说喜欢，我这样的人，有什么脸说喜欢。

她看向别处，眼泪涌出来，我很想杀了他，即使他是我亲叔叔，我已经很多年没见过他了，再见他，我一定捅他一刀。

她把手抽回去，把眼泪抹干净，别说什么原谅，我原谅不了。你也不用同情我，这东西我不需要。你不是一直说觉得我没感情谁都不喜欢吗，不是没有，而是我告诉自己，不能有。

她躺下去，把头埋进被子里。

都过去这么多年了，你就不能放下吗？

她的声音从被子里传来，闷闷的，她说，放不下。

我什么都没有再说，想起高中结束的那个暑假，她笑着跟杨迪说，你这么好的人我怎么舍得拿来谈恋爱。

我浑浑噩噩地去洗了个澡，满脑子都是她的眼泪，和花洒喷出来的水，一起浇向我。

洗完澡，我到床旁边，盘腿坐在地上，看着面前的那个被被子包裹着的身体，问道，睡着了吗？

被子动了动，应该是摇了摇头。

我把手伸出来，轻轻把被子拉下来一点，说，你真的很喜欢杨迪吗？

她点了点头，喜欢。

不害怕失去他吗？

我正是因为害怕失去他，才拒绝他。害怕落得跟学弟一个下场，他那么好，怎么舍得拿来吵架冷战分手然后又不联系？我不想失去他。他那么好。我跟你们不一样，我从小就是看着别人的脸色长大的，所以我小心翼翼如履薄冰，但是跟他在一起的时候，我心里就只有温柔，只剩下温柔。但是我不能去憧憬什么，我越憧憬，那个梦就出现得越频繁。我就越恶心自己。

我把她的被子拉下来，露出她的脸，看着她红红的眼睛说，一新，去看心理医生吧。你这样不行。

沈一新最终还是去看了心理医生。

我陪她去的。

在外面等了半个小时，她推门出来。

我问，这么快就结束了？

她说，我一个字都没说。说不出口。

她走到门口，停住看着我郑重地说，你先走吧，我去找杨迪，我要告诉他，即使会失去他。我也告诉他。

元旦前夕我们一起出来跨年。

她穿着长靴，短裙，露出一截白白的大腿。

我说，这样子好多了。

她点头，以前十几年是自己在跟自己打仗，现在感觉有战友了。

还做噩梦吗？

偶尔，没以前那么频繁了。身边躺了一个人，就觉得安心多了。

她转过头去，看着正在摆弄孔明灯的杨迪，说，新年好。

杨迪一笑，伸手搂过她，新年好。

认识的第十三年了，请多多关照。沈一新笑着。

杨迪在她的额头上吻了一下，我会的。

孔明灯缓缓升上天，杨迪写的字是，愿和一新一起幸福快乐。

沈一新头发细软又长，倒在杨迪的怀里笑得咯咯的，眼角弯弯的。

那一年杨迪陪着假小子沈一新在操场跑步的时候，她脸上的笑容，和现在像极了。

欸，你知道我为什么叫一新吗？

我坚持给自己改的名字，因为爱的路上千万里，每一里都需要我们自己去翻越，我觉得不管你过去经历了多么难熬的事情，终有一天，那些苦难会化成一个美好的东西接近你，来弥补你过去的缺失。然后我会遇到一个人，敢爱也能爱的人，我们两个人，一起告别过去，过着焕然一新的生活。

我名字里的一新，就是这么来的。

# 勇敢军团一号兵

chapter 04

勇敢军团一号兵

周末的时候快递员打来电话，说有我的快递。

我明明没有买东西，再三确认是我的东西以后，我下楼把一个纸盒拿了回来。

没有写寄件人的详细地址，轻飘飘的不知道是什么，我打着哈欠拆开来看。

裙子掉了出来，还附了一张卡片。

上面写着：小不点儿，没有提前给你打电话。因为想给你一个惊喜，哈哈哈哈，没错，老子要结婚了。这是给你的伴娘服，减减肥少吃点儿，穿得漂漂亮亮的滚到老子神圣又唯美的婚礼上来啊。迟到打断你的狗腿。

没有署名，但我知道是谁。

因为全世界只有一个人这么叫我。

那会儿我刚上高中，物价还不算贵，用熬出来的汤料煮的酸辣粉才四块钱一碗。因为味美价廉，它成为了学校不回家吃晚饭的同学的首选。

那个时候，我的晚餐费有五块钱之多，除了买一碗酸辣粉外还可以加一个香喷喷的茶叶蛋和一小碟豆腐干。大家吃得大汗淋漓，相视一笑再假装优雅地用餐巾纸抹抹油腻腻的嘴巴，简直幸福得无以言表，不过有一个人打破了这种幸福。

有一天，我和老师眼中的“问题学生”阮冬阳正在一起嘻嘻哈哈地吃路边摊，对面坐过来了一个五颜六色的少女。这个少女顶着黄色的齐刘海儿，发量从头顶到胸前急剧减少，爆炸的玉米须，浓浓的眼线和假睫毛，腮红在脸颊上开成一朵灿烂的红霞，她特意把右边的头发别到了耳后，露出打着耳洞的耳朵，戴着细细的银环，最底下的耳垂上戴了一个银色的骷髅，手上戴满了戒指，手臂上的文身图案夸张。身穿一件红色镂空的毛线衣和一条有着夸张破洞的绿色紧身裤，就像一棵顶端放着一个玉米棒子的移动圣诞树。在我为眼前这个少女扭曲的审美观惊叹的时候，她已经伸出戴满金属戒指的手指跟老板说：“老板，来一碗酸辣粉，多放豆芽儿、多放醋、多放姜蒜，不放腌菜和青菜。”

一看这个不良少女的造型，我就知道道不同不相为谋，于是就默默低下头吃饭，却只听到阮冬阳喊：“姐，你怎么跑这儿来了？”

我不想抬头，默默把目光锁定在眼前这碗可爱的酸辣粉上，直到阮冬阳咋咋呼呼地介绍道：“姐，这是我朋友，小咩。”

我极不情愿地抬起头，假笑了一下就当作打过招呼了。

她似乎没有注意到我的不情愿，说：“嘿，看这小不点儿，粗胳膊短腿的，吃得也挺多的啊，难怪看着胖胖的。”

我默默地在心里骂了一句脏话，回道：“中午没吃饭。”

阮冬阳戳穿我：“中午你不是回家吃饭了吗？还说没吃。”

我尴尬得无地自容，只好翻了一个白眼给阮冬阳：“要你管啊。”

她挥挥手说：“没事没事，长身体呢，多吃点儿好。不过你还是少吃这个，多吃有营养的，不要不该胖的地方圆得像球，该胖的地方没音讯啊。”

我低头看了看，把T恤拉上来一点儿，仿佛这样就能遮住丝毫没有发育的胸，盘算着要不要骂回去。

然而她已经打包好了东西，说：“我走了啊，小不点儿，我听我弟说过你，下次来找你玩儿。”

关于人和人之间互相影响的词语我知道得很多，比如物以类聚人以群分，比如近朱者赤近墨者黑，这些词语都告诫我，不能跟这个女孩走太近。她会活生生地拽着我的腿，把我拖出好学生的行列。

因为后来阮冬阳说，这个姐姐是他表姐，家境很好但是不学好。抽烟、喝酒、打架、顶撞老师、夜不归宿，简直无恶不作，令父母很头痛。由于是独生女，在家很受宠爱，挽着爸妈的胳膊说几句好话，他们也就睁一只眼闭一只眼了。

对了，她有一个她父母现在想起来绝对会抽自己耳光的名字。

她叫作秦淑媛。

秦淑媛果真履行了她的诺言。

这之后只要在学校碰见她，她都会跟我打招呼，非常热情地搂着我的脖子介绍：“这是我姐们儿。别看她小不点儿，你们不准欺负她啊，我的人。”

我每次都是匆匆逃离，回到教室照一下镜子，脖子已经被她勒出了一道红印。

有一天她来找我，神秘兮兮地把我叫到教室外面说：“走，小不点儿，我带你去爽一把。”

无数少女上当受骗被分尸被骗财的案例瞬间浮现在眼前，理智让我坚定地摇头：“我不去。”

“走吧。”她非常自来熟地架着我的胳膊，拖着我往那个神秘地点走去。

我们来到校门口后面的小巷子。

秦淑媛招呼我："快点，埋伏好。"

我站在原地不知所措，不知道该往哪里埋伏。她拖着我蹲下，说："看情况上啊。"

我问："看什么情况？"

"你不是我的人吗？别让我吃亏啊，打不赢的时候来帮一下我。"

"你是要打架吗？"

"对啊，有个小贱人跟我抢男朋友。"

"一定要打架吗？不怕伤到吗？好好说不行吗？不怕有人告诉老师吗？不怕被你男朋友知道吗？是不是有什么误会？非要用这种极端的方式解决吗？"

"啰啰唆唆的。这个世界上解决问题最快的途径就两种：金钱和暴力。对付这帮人肯定是用暴力啊。怕个锤子啊，打架要么就是打别人，要么就是被别人打啊。"

我一听到后半句，脚底就像抹了油，不断地往后滑。她一把把我拉回原来的位置说："都来了还走，够不够朋友啊？"

我心里默默回了一句："谁跟你是朋友啊。"还没来得及说什么，她就已经进入准备模式了："快，那个小贱人过来了。"

对方是另外一伙小太妹，注意，不是一个，是一伙。她们还没意识到危险的临近，蹦蹦跳跳地嚼着口香糖朝这边走过来。

秦淑媛推了我一把："你上。"

我腿一软，问道："为什么要我上？"

"你是生人，而且粗胳膊短腿不容易引起警惕。你去，先插入敌人的心脏给她们致命一击，我跟着来。"

我猛摇头："我不上，老师知道我就完了。"

"我说，你怎么白长一身肉呢，那么尿。"

说完她就冲了上去，对方的小太妹也不甘示弱，反应奇快地揪着秦淑媛扭打起来。她被人揪着枯黄的头发，根本还不了手，她手舞足蹈、面目狰狞，但是对方人多势众，毫无伤亡。

我腿还软着，想趁机溜走，但看着秦淑媛被一群女生打又实在不忍心，万一出什么事儿警察一定会找到我。

我用偶像剧里学来的喊了一声："老师来了。"还惺惺作态地往另外一个方向张望。

这一招果然有用，小太妹们松开秦淑媛，一哄而散。

她整理完乱蓬蓬的头发，瞪了我一眼："下次打架再也不带你了，没有尊严。"

我说："要尊严不要命对吧？"

她回答："传到我男朋友耳朵里，我要怎么做人？"

秦淑媛口中的这个男朋友，并不是她的男朋友，而是她从高中起就喜欢的男生陆禾。

我原本以为她喜欢的男生一定跟她一个款，夫唱妇随的。你打架来我帮忙那种天造地设的组合，多喜庆、多带劲啊。

然而，陆禾和她大大咧咧的神经质完全不一样。

他很沉默，成绩很好，瘦瘦高高的，也不爱笑。

沉默寡言的男人分两种：一种是长得不好看的，会沦为人群中的空气，被人熟视无睹；另外一种就是像陆禾这样长得好看的，被大家统称为酷，备受追捧。

陆禾和秦淑媛是初中同学，但是现在都高中了，两个人依然没什么进展。直到现在，两个人上高中并不在同一所学校，秦淑媛还乐此不疲地到处打听他的消息、收集他的照片。秦淑媛把所有对陆禾抛媚眼、送礼物的女生都当成情敌，出现一个教训一个。

陆禾从没正儿八经地跟秦淑媛有过深层交流，她完全没有女生的矜持。当初秦淑媛对陆禾死缠烂打的时候，他也和对待其他人一样，嗯嗯啊啊的。但凡能用一个字回答的问题他绝对不用两个字，连没有都一定要说成没。

秦淑媛说她记得最清楚的一次是圣诞节，班上刚刚开始流行过洋节，很热闹。大家笑着、闹着、互相追赶着，三块钱一瓶的飞雪喷得满教室都是。陆禾在这些笑闹声中，抬起头来，看着因为兴奋而满脸红晕的大家，郑重地放下笔笑了笑，然后继续在沸反盈天的人群里，拿起笔埋头做题。那些热闹都是他们的，可他什么都没有。

那个笑真好看。可是越好看，她心底的难过和酸楚就越是横中直撞地涌上来，都快把眼泪给逼出来了。

她抑制着这股在身体里放肆蹿涌的情绪，笑着冲到他面前，说："圣诞节快乐！"然后往他的头上和衣服上喷飞雪。

他身上的飞雪越来越多，他却丝毫没有移动和躲闪，甚至连一句话都没有说。陆禾抬头看着她，眼神冷漠得很，像是根本没有看见眼前这个人一样。

她意识到不对，手停在半空中，然后慢慢地收了回去。

陆禾很从容地把校服外套脱掉塞进抽屉里，抹掉头发上的泡沫，又拿起了笔，再也没有看她一眼。

这个时候她再也忍受不住这股翻江倒海的难受，回过头走回自己的位置，趴在桌子上"哇哇"大哭起来。有几个朋友过来安慰，问"怎么了？"她大骂道："一群王八蛋，把飞雪喷到老子眼睛里了。别喷了，我又不是嫦娥。"

我纠正她："六月飞雪的那个叫窦娥，嫦娥是吃了药私奔了的那个。"

她挥手，道："爱谁谁，反正我是最冤的那个。"

从这以后，她似乎什么挫折都不怕了。反正最屈辱的，她已经接受了。

从我认识秦淑媛以来，她的世界里就只有三件事最重要——吃饭睡觉追陆禾。

她和陆禾不同校，但是她每天都风雨无阻地拦一辆出租车，去陆禾家楼道口等着。然后跟在陆禾身后去上学，一路上努力地跟陆禾没话找话说。送陆禾到了他的学校之后，再折返回自己的学校接受迟到的洗礼，最后在校门口等待班主任的认领。



陆禾说："你能不能别这样，你打扰到我了。"

秦淑媛斩钉截铁地说："不能。除非你做我的男朋友。"

陆禾当然没屈服，秦淑媛自然也没放弃。

但是，从此我就每天遭遇秦淑媛的毒手。

她总是在我吃饭的时候，温柔地出现在我背后，说："哟，吃这么多为什么打架还那么㞞啊？要不，我请你再吃一碗，你吃这么点肯定不够吧？"

我不理她，扒拉两口炒饭，把嘴巴塞得鼓鼓的，然后愤然离去。

我因此悲愤地戒掉了在校门口吃晚餐的习惯，因为我实在不想让所有人都知道我吃得多。

但这丝毫不影响她愉快的心情，她经常自作多情来给陆禾买晚餐。

她把晚餐送到陆禾的教室，以一副正牌女友的姿态，温柔地说："快趁热吃吧，不然都凉了。"

在大家以疑惑的眼光打量她的时候，她颔首微笑不解释，大意就是，没错就是我，陆禾的女朋友或者说未来的女朋友。跟狗在自己的地盘上撒尿是一个意思。

陆禾说：“拿回去。”

她说：“我不，我千里迢迢从我们校门口给你带过来的。”

“不饿。”

“那你就少吃一点儿。总之你要吃一点儿，你老不吃晚饭会生病的。”

“你别管。“

“我就要管，反正你一定是我的人，我非管不可。”

“你有病啊？”

“对，是有病，相思病。而且只有你能治。”

陆禾不说话了，他站起来从教室后门走了出去。她跟上去，发现陆禾进了男厕所，而且在上课之前就没出来过。

我劝秦淑媛：“你干吗非得喜欢陆禾这样的啊？他跟你根本就不是一挂的！”

“是不是一挂的，现在怎么能说得了？我跟你说，陆禾没结婚之前，就都是我的人。即使以后结婚了，说不定我也要撬了让他成为我的人。”

“都是命，是你的就是你的，不是你的怎么着都没用，那么主动干吗？”

“我为什么不主动？我最看不起你们这些人了，阮冬阳不是说你喜欢隔壁班那个谁吗，人家至今都不认识你好吧，你高兴吗？你这种暗搓搓的、偷鸡摸狗的暗恋有什么用啊？天天跟你打照面连多说一句话都不敢，明明有他的号码怎么至今连一次都没打过？在篮球场边上你鬼鬼祟祟了那么久都不敢送瓶水，你以为这叫娇羞啊？

你这叫㞞！你㞞我就够看不起你了，更让我看不起的是，就你们这群人，就你们这群什么都没做过的人，什么都没争取过的人，居然还好意思管这些叫命运。我真想扇你们两巴掌让你们闭嘴。”

“不过，爱情这种事又不是说努力就可以的啊。”我辩驳道。

“对啊。但是我至少坦坦荡荡，有什么就说什么。我想他我就说我想他，我爱他我就说我爱他，我至少努力过了。能喜欢一个人多难啊，不为自己努力一把对得起自己吗？”

我长叹了一口气。

“走。”秦淑媛站起来拉着我的领子。

“干吗？”

“你来就是了。”

我被秦淑媛拽着衣服走出教室，到了球场。

她指着球场上的那群人，问：“你喜欢的是哪一个？”

“穿 9 号球衣的那个。”

“你，听好了，一会儿他打完球往这边走的时候，你就去撞他。”

“撞他？”

“对，你不是㞞吗？那就给你制造个不那么害羞的办法。反正你这胖胳膊胖腿的也撞不疼，别管那么多，你假装走路没看见，撞上去就对了。然后，给他道歉、给他赔罪，然后黏上他。”

我忐忑不安、双腿发抖地在篮球场边站了一会儿，终于等到他们打完了篮球。我喜欢的那个男生抱着篮球朝我这边走了过来，他的眼神正好跟我交会到了一起，不知道是不是我的错觉，他居然笑了一下。我的心都快跳出来了，人却愣在了原地，不知所措。

秦淑媛在我后面轻声骂道：“蠢货，你去撞啊。”

我回过神，转过头正想说“我紧张”，秦淑媛就一把把我推了出去。

于是，我硬生生地在离9号还有一两米距离的地方摔了一个狗吃屎。我看得到9号的腿停住了，也能听到周围人的惊叹声和笑声，我简直无地自容。膝盖和手掌火辣辣地痛也都觉得不在乎了，因为此刻，没有什么比我心中的悔意和尴尬更让我难受的了。

我低着头正要爬起来，视线中却有一双腿走了过来，9号蹲下来，看着我说：“小咩，你没事吧？”

我一愣，脑子里不知道是鞭炮声还是唢呐声，总之一阵欢天喜地的祥和气氛。然后，我呆呆地摇了摇头，说：“没事。”

“你先站起来看看。”他伸手扶起我，我的手臂和他的贴在了一起。他刚刚打完球手上有汗，但是温暖又厚重，他说，“你膝盖擦破了，不要紧吧？”

“你怎么知道我的名字？”我答非所问。

“我一直都知道啊。你不是14班的吗？”

9号扶着我一瘸一拐地走回教室。路过秦淑媛身边的时候，我转头看她，她悄悄地在腰边比了一个OK的手势，一脸得意地看着我。

秦淑媛没什么一心一意的好品质，什么东西一旧就想换新的，上课三分钟就走神，电视剧看几集就嫌长。但是，她对待陆禾从一而终毫不言弃。

在她的猛烈攻势下，陆禾居然答应了。

陆禾的原话是，“如果你能不烦我的话，那好”。

秦淑媛猛点头：“好，不烦。”

秦淑媛俨然一副翻身农奴做主人的样子。在跟别人自我介绍的时候，一定要加上一句：“我是陆禾的女朋友。你不认识陆禾？没关系，我就是说一下，我已经是有主的人了，别对我抱有希望。”

她一直认为，不烦他的标准就是不跟他说废话，不扯八卦，并不是不出现在他面前。

她依然每天去陆禾的楼下等他，不过不跟他说话，只是默默地跟在他后面，目送他的背影进校门。

把晚餐送到陆禾的教室，不管他吃不吃她放下就走，也不说话。

秦淑媛变着法子找理由给陆禾送礼物，围巾、手套、钢笔、篮球、袜子、笔记本、参考资料，情人节、妇女节、劳动节、青年节、儿童节、建军节、建党节、重阳节、国庆节、圣诞节、元旦节，连清明节都不放过。陆禾拒绝，她就把礼物往桌子上一甩就潇洒地走了。

这些节一个一个地过，我们大家才猛然意识到，原来他们在一起已经这么久了。

我和9号认识了，算是朋友。我们碰面时互相打招呼，偶尔说一两句话，却仍然因为我的㞞，关系没有任何进展。

陆禾考上了一所不错的大学。秦淑媛因为成绩不好，没有考上大学。家里想送她出国她也不去，说不能离陆禾太远，非要去陆禾大学所在的城市。家里人惯着她，就在那个城市托关系给她找了一个坐办公室的工作，尽管秦淑媛什么都不会。

那会儿我没有手机，忙着学习也没有想起过这回事，就这么和秦淑媛失去了联系。

秦淑媛再一次出现在我的教室门前，二话不说就要架着我走的时候，我已经高三了。

有了之前的教训，我抓着窗户栏杆死活不放手，大喊道："我不去打架，我是好学生，我是要高考的人了。"

她继续拖我，说："没让你去打架。好不容易回来一趟，已经跟我弟没什么共同语言了，还不如请你吃饭。"

一听说吃饭两个字，我就两眼放光，顿时松开了抓着护栏的手，挽着她的手："老子要吃好的。不吃酸辣粉。"

"好，想吃什么？"她异常豪爽。

"土鳖没吃过什么好的，你带我去！不求好吃，但求最贵！"

她带我去了一家日式料理店。

她说："这是阮冬阳的妈和我妈合伙开的，你敞开吃，别心疼钱。"

我边轻蔑边翻开菜单："哼，你请客我为什么要心疼！"

下一眼我看到了随手翻开的一页菜单，吓得肝儿颤："你们抢劫啊！"

她笑道："因为原料都是空运过来的，非常新鲜。你尝尝这个吧，很不错的。"

她熟练地翻到菜单的一页，指向一个刺身。然后，我又在她的推荐下点了几个菜。

等菜期间，她歪着头，用一只手撑着下颌，看着我："小不点儿，你和那个9号怎么样了？"

"还那样呗，朋友。"我轻轻地敲着碗，叹了口气，"不过，现在高三了，我也不想谈恋爱。"

她一笑："你都长这么大了。我印象里你还是那个小胖子，现在都变成大胖子了。"

我怒了："我胖怎么了，我不乱穿衣服。不像你，非主流，圣诞树。"

我停顿了一下，"不过，你现在这样穿挺好看的。"

她的头发已经长得很长了，她烫了一个柔软的大卷儿，化着淡妆，穿着白色的衬衣和黑色的喇叭西裤，真是风情万种。

"好看吗？"

"好看。"我塞了一个寿司在嘴里，含糊不清地说，"你自己看看，你以前穿的都是什么玩意儿啊。你好歹是个有钱人啊，就不能稍微有点品位吗？”

“我像不像钟楚红？”

“钟楚红是谁？”

“他喜欢的一个明星。”

“噢，陆禾吗？你跟他怎么样了？”

“分手了。”

“为什么会分手？你们俩不是挺好的吗？都谈了那么久了。”

“哪有什么为什么？他有喜欢的人，圣诞节的时候，他停下笔看的是她。我给他送饭的时候，他躲的是她。甚至包括报考大学的时候，他都想着离她近点。明明是我自己不争气，是我自己觉得非他不可，却又莫名其妙地把所有的错都推给他。其实他什么错都没有，他就是不爱我。”



我咬着筷子沉思：“这些事儿我不懂，但是想想就觉得挺累的。”

她点点头，用寿司蘸了一下碟子里和醋混合的酱，夹给我，说：“你尝尝，这个很爽的。”

我探头过去，在她的筷子下咬掉一半寿司，一股又痒又麻的感觉一下蹿上了头皮，鼻子酸楚得不得了。我猛喝了一口水，眼泪鼻涕就一起下来了。我赶紧扯过一张纸，让自己缓缓。

秦淑媛说：“爽吧？我们这儿的芥末酱特别好。”说完，她就把剩下的那一半寿司送到了自己的嘴里，她的眼睛立马就红了，眼泪止不住地往下滚。她的声音在嗓子里先是低低地滚了两圈，然后变成叹气，最后哭得是上气不接下气，哭声在小小的包间里回荡。

我什么话也没说，只是默默地往她的碗里夹了一块又一块带着芥末酱的寿司。

我大学考到了重庆。

秦淑媛偶尔会到重庆跟我一起吃饭。有时候是心血来潮找我玩儿，有时候是出差顺便看看我。

我比较磨蹭，有时候跟秦淑媛约了时间却没法按时到校门口。

她指着手表一脸愤怒地说："小不点儿，你看看你迟到了多久。知不知道老子时间很宝贵？"

我摆出一副可怜兮兮的表情："也就十分钟嘛。我总得穿衣服啊，哪有周末九点多就起床的道理？"

"你知道十分钟能发生什么事儿吗？"

"能发生什么？"

"十分钟，我和陆禾分手了。"秦淑媛在等红灯的时候，转过头来看着我说，"当时我即使知道他喜欢别人我也不死心。我跟他说，'我们俩在一起这么久，我就不相信你一点儿都不喜欢我，我也不丑。这样，你抱我十分钟，十分钟以后我再做决定'。"

"然后呢？"

她转过头盯着前方的车流，打着方向盘，说："然后啊，我就一把上去把他抱住了，抱得特别紧，我很害怕那是我最后一次抱他了。或者我以为，我抱他紧一点儿他就能感受我多一点儿，会舍不得我。结果他什么都没做。和以前一样，他没推开我，但是手一直垂着。我也不知道过了多久，虽然我明明抱着这个人，但是我却感觉不到这个人，所以我就把他放开了。跟他说，分手吧，以后别来找我。"

事实上，陆禾从来就没主动找过秦淑媛。

陆禾跟秦淑媛恋爱的时间不短，对秦淑媛忍让又沉默，没有怎么发过脾气。但也从来不主动，也从来不说爱。

心闲不住的人是秦淑媛。伤疤没好，就忘了痛。

挣扎了一段时间，找了好多种理由说服自己，在半夜给我打过无数个电话，眼看快从撕心裂肺变成没心没肺了。但无意中听说陆禾跟她分手以后也再没谈过恋爱，现在他因为妈妈身体不好，已经回家了。她在睡了一觉起来之后，风风火火地找老同学要了陆禾的电话，从之前假装打错电话、假装手滑点进空间，变成了明目张胆的死缠烂打，以前的努力前功尽弃了。

陆禾的大学不错，但是因为妈妈的病被迫回了老家。他在老家找不到合适的工作，最后留在小城里做了一名手机推销员。

秦淑媛从公司辞职，说是跟着家里学做生意，事实上却每天跑到陆禾上班的手机店里，逮着陆禾一问就是一天："帅哥，帮我装点软件。这款手机看起来不错，你介绍介绍呗。算了，还是不要这一款，换一个看看吧。"

陆禾本身沉默寡言，根本不适合做推销，但老板在也不敢对秦淑媛发火，只好忍气吞声地伺候她到下班，又累又没业绩。

下班以后，陆禾说："我去医院，你别跟着我。"

秦淑媛身子一闪："谁跟着你了，马路是你家的啊？我还偏走这条路了，你不服气还是怎么着？"

陆禾叹一口气，加快脚步往前走。秦淑媛穿着高跟鞋一路小跑地跟在他后面。

陆禾的妈妈得的是尿毒症，她的症状越来越严重，皮下水肿越来越明显，限制着水分摄入又引起了一系列的呕吐、腹泻，甚至连晚上睡觉的时候都不能躺下。

不断的透析治疗需要很多钱，而陆禾一个月才一千多块钱的底薪。

等陆禾再次下班到医院的时候，妈妈端端正正地坐在床上，头发刚刚被梳好，呕吐的盆子也被洗得干干净净的。

秦淑媛拿着刚刚拧干的衣服从外面进来，笑着问道："阿姨，这个晾窗户上就行了，对吧？”

陆妈点点头。

秦淑媛把衣服交给陆禾说：“你再拧一下吧，我力气不够大。”

秦淑媛本身是大小姐，在家别说吃苦了，连饭都不需要她盛，却在医院里尽心尽力、无微不至地照顾着陆禾的妈妈。

她一点儿都不嫌陆禾妈妈脏，帮她把呕吐物擦干净。刚开始还自己洗，后来发现衣服和被单更换的频率太高，就干脆统统送到洗衣店。秦淑媛仔细听她说话，理解她想表达什么，帮她洗脚、擦洗身体，默默地交了她所有的住院和治疗费用。

陆妈拉着陆禾的手说：“淑媛啊，是个好孩子，你别亏待人家。老太婆我地下知道了，心里都不安。”

我试了一下伴娘服的尺寸。也许是在她的记忆里我太胖了，所以衣服大了一号。

过了几天，我把衣服带回了家。我给秦淑媛发短信说：“太大了，我拿去改。”

收到秦淑媛回的短信，说：“在 KTV 等我。”

人密密麻麻地坐了一个包厢，秦淑媛招呼我坐下。我坐下环顾了一周，却没有看到陆禾。

我笑道：“怎么，婚前单身派对啊？”

秦淑媛笑而不语，继续唱歌。

她唱的是莫文蔚的《他不爱我》。

她跟每一个人碰着杯子，说着酒话，笑容洋溢在脸上，红晕也在脸上泛起。

散的时候，她已经喝得微醺了，跟其他人挥手再见后，非要拉着我回校门口去吃酸辣粉。

她吸了吸鼻子，搓了搓脸，说："对了，跟你说个事儿。"

我问："什么？"

"婚我不结了。请柬还没发出去，你别跟别人说。"

"为什么不结了？"

秦淑媛不结婚的原因非常简单。在试婚纱的时候，她俨然是全世界最幸福的女人。

她自从青春期开始，梦想就是嫁给陆禾。而现在，这个梦想近在咫尺了。

她笑着，温柔地帮陆禾打上领结，说："真好看。"

她招呼旁边的店员，把手机递给她说："你帮我们拍一张吧，看我们穿哪一套比较好看，免得看一套忘一套。"

秦淑媛的婚纱和敬酒服是找人专门设计的，而陆禾觉得麻烦就说随便穿就好。

秦淑媛笑着说："那亲爱的，你等我一下，我去换另外一套。"

陆禾看着她点点头，脸上没有任何表情。

秦淑媛的笑容僵在了脸上，她颤抖着进入试衣间。店员拉上了大帘子，她还是颤抖不止。店员来帮她拉开背后的拉链的时候，她已经控制不住自己，抖得像一个筛子。最后她双腿发软坐在了地上，虽然努力地捂住嘴，但还是没忍住失声痛哭起来。

那个眼神，那个冷漠的眼神，和十年前的那个圣诞节，一模一样。

我爱了你十年，你却一个眼神就把我打回从前。

秦淑媛托着腮说："小不点儿，我现在信了。爱情这种事，不是我努力就可以的。你不知道，我曾经多么庆幸生在这样的家庭，我爸妈给我赚了很多钱。我明明知道他不爱我，却还想着，我可以因为钱而把他留在身边。不管他爱不爱我，在我身边就好。

“你真的不知道他们家有多穷，六个人挤一个二十平方米的房子，你能想象得到吗？我不能，直到我亲眼看见了。他念了那么好的大学，可是每个月赚的钱，还不够我买一件衣服。

“我觉得特别不公平，我为他感到不公平。他那么努力，那么勤奋，换来的不应该是这些，他不应该活成这个样子，我心疼他。因为我这样的人，没为自己努力过什么。如果一定要有什么可炫耀的话，我只能说我花了这么多年想让一个人爱上我。

“最后还没成功。

“你知道我为什么讨厌读书吗？因为我觉得没意思，还很假，书里教的东西，全都是假的。书上说，只要努力就一定有收获。十年了，我收获了什么？他收获了什么？

“你前段时间朋友圈分享的那首歌太好了，‘一生只爱一个人，一世只怀一种愁’，我的真实写照啊。

“你知道我最大的愁是什么吗？我曾经太爱骗自己，而现在我长大了，我想自欺欺人，但是骗不过了。

“我最为他感到难过的是，如果他真的跟我结婚了，他就得跟一个自己一点儿都不喜欢的人过一辈子，他多可悲。我那么喜欢他，我不能看着他这么可悲。

“你喜欢的人也喜欢你，这概率太小了。至少在我身上是零。

“你不是跟我说过吗？爱得太深，容易让人失去尊严和价值我要尊严没有用，我要价值也没有用。但我改变不了他，所以我宁愿和你一样，尿这么一回。

“如果时光能够倒流，我宁愿回去跟我自己说没有结果。所以把这几年的时间还给他，放过他，让他好好过。”

秦淑媛把手机掏出来，翻出一张照片给我看，说："你看，我也是有过结婚照的人了。"

照片上的秦淑媛戴着头纱，婚纱上胸前绣着白色的花朵，双手挽着陆禾的肩膀，把头微微地靠在陆禾的肩膀上。两人都微笑着。

"我问过他，这么多年，你有没有一点点爱过我？"

陆禾说："有一次在医院，你在给我妈妈喂饭，我在旁边叠衣服。那时的我觉得，我们就是一家人。"

她埋头吃了一口酸辣粉。

她说："小不点儿，我知道他为什么不喜欢我了。"

"为什么？"



她放下筷子缓缓地说道："原来，我当初买给他的晚餐，一点儿都不好吃。"

# 唯有言言旧

chapter 05

唯有言言旧

早上洗完澡从浴室出来，当我从白色的盒子里拿出礼服的时候，手机又在梳妆台上震动了一下。我拿过手机，上面已经有十几个未接来电和短消息了。

我把手机放回原处，拉上礼服的拉链，整理好裙脚，坐上已经在微亮的天色中等待着的车，出发。

这一天是我高中时代最讨厌的人的婚礼，我是伴娘之一。

肯定不止我一个人讨厌过许言言。

今天的伴娘团里，当年讨厌过许言言的绝对能凑一桌麻将。

要说原因的话也非常简单，就是许言言太漂亮了。

许言言第一次出现在讲台上做自我介绍的时候，原本闹哄哄的教室立刻就安静了下来。然后后排开始有起哄的声音，但马上，教室又恢复了比之前更热火朝天的窃窃私语。

一个眼睛亮晶晶的女生，梳着双马尾，穿着日本漫画里的海军风校服，两瓣粉嘟嘟的唇，一扬起嘴角就能看到贝壳一样洁白的牙齿。她低头鞠了一躬，说："大家好，我叫许言言，是一个性格开朗的女生。喜欢看漫画和发呆，希望能在以后三年的时间里和大家互相帮助，一起进步。谢谢！"

一段毫无亮点的、俗套的自我介绍之后，后排就响起了夹杂着口哨声的掌声。然后其他同学也跟着不知所措地鼓掌，这是整个新生自我介绍的高潮部分。

后来网络越来越开放之后，我见过很多美女的照片，身边也出现过很多“女神”。但是说实话，许言言比她们都好看。

许言言没有蛇精一样的尖下巴，也没有大得占了脸三分之一的眼睛。她长着一张娃娃脸，像是刚刚从漫画里走出来的一位不谙世事的少女，高挺的鼻尖，呈水滴状的鼻子，嘴唇中间长着一个唇珠，齐刘海儿下是一双弯弯的眼睛。

她是美丽的，同时也是鲜活的。

这也正是我们讨厌她的原因。更令我不爽的是，亲戚的一桩婚姻把本来和我没有丝毫关系的许言言和我联系在了一起，她成了我的远房亲戚。第一次来我家做客的时候，她见到我时欢呼雀跃道：“他们说有个妹妹，我以为很小呢。没想到跟我差不多大，太好了。”

不管是逢年过节还是平时做客，只要许言言一来，就立马成为家里的焦点，甚至连我才上小学的表弟都偷偷跟我说：“言言姐姐好漂亮。”我教育他：“你才几岁，懂个屁啊，没有审美。”

班上几乎超过一半的男生都喜欢许言言。

她随便说一句“好饿”，下午再来教室的时候，书桌里就已经塞满了各种吃的。

无论什么节，哪怕是五一劳动节，她都能得到许许多多的礼物。甚至连愚人节，我们遭遇的是被通知去老师办公室或鞋带开了之类的恶作剧，而许言言打开书桌的时候，几个气球就吊着一盒巧克力飞了起来，引得周围的女生一阵惊呼。许言言非常自然地把巧克力取下来，咬了一块说“好吃”，然后把巧克力分给周围的同学，最后气球被系在窗台上随风飘了一整晚。

做课间操的时候，站在许言言边上的女生一般都会被男生们推走，男生们就是为了站得离许言言近一点儿。

其他班的学生，有时候也会特意来我们教室外面偷看她。而我们班的男生就骄傲地把她的位置指给他们，说："看，那个就是许言言，漂亮吧？"

偶尔去厕所的时候，经常听到几个女生说她的坏话。

"怎么那么不要脸。别人送什么她都收着，还一直笑，根本就是广撒网多捞鱼嘛。"

"就是，你看到她上周末补课时候穿的衣服没？面料好薄，连文胸是什么颜色都能看见。"

"啧啧，抓住机会就勾引男人。"

碍于亲戚的缘故，我不能说许言言的坏话。但是我也从心底里讨厌许言言，因为我喜欢的男生桌子里都贴着她的大头贴。

那会儿大头贴刚刚流行，五块钱就能照一版，十几张的样子。关系好的女生，就会成群结队去拍，然后吊在钥匙扣上，贴在笔记本里，又方便又便宜。有很多备选的边框，大家都会选可爱的，然后摆出最可爱、最俏皮的姿势按下拍摄键，许言言也不例外。她也拉我去过一次，我们站在摄像头前面调整好位置，她喊"三二一"，按拍摄键的同时在我脸上亲了一口。那张照片上她噘着嘴的侧脸无敌漂亮，而我像是一个丑得令人发指的道具。我越看越气馁，就掀开帘子走了出来，不拍了。

她拍的每一张都好看，即使是那些搞怪的表情，都好看得不得了。

我喜欢的男生桌子里贴的那张，她双手都举着"剪刀手"放在头上，咬着下嘴唇扮兔子。他不听课的时候，就假装找东西，打开桌子看看许言言的大头贴。

让我怎么能不讨厌她。

虽然有亲戚关系，但我和她的交集却不多。坐在教室的两边，我潜心研究函数和坐标，她专心研究林俊杰和马尾辫的六种扎法。她练习舞蹈希望以后可以做模特儿，我默默地希望她早点离开我的生活。

高二分班以后，我和许言言不在一个班。我松了一口气，终于不用再忍受她当着大家的面叫我“妹”，然后大家一阵惊讶：“她哪里像你妹妹，明明看起来比你老。”

事与愿违，许言言不但没有离开我的生活，反而在我的生活里狠狠插了一脚。

她爸妈有事要处理，必须去外地一趟，留下许言言一个人在家里。于是，许言言以一个人睡觉害怕为由，钦点我去陪她住一段时间。我不顾她的软磨硬泡，一口拒绝。她就让她的爸妈来说情，我只得答应。

那段时间我才知道许言言交了一个男朋友，高大帅气的运动男，他每天送许言言回家。两个人甜甜蜜蜜地走在我旁边打情骂俏，一个人抱着书的我，觉得自己又变成了一个会动的道具。

我和她在一个房间里，我背单词看小说。这段时间从回家到睡觉，她把她的零食窝从客厅挪到书桌旁，再挪到床头柜。她每天都精力充沛，从这屋蹦跶到那屋，跟衣架都能跳一支华尔兹，一刻都不消停。

我写着作业，看着唱着《学习雷锋好榜样》的她去了浴室，还是忍不住笑了笑。

我不得不承认，许言言的可爱并不是装出来的。她所散发出的天生乐观开朗的气质，就和她的外貌一样迷人。

我这样想着，忽然又觉得她没那么讨厌了，就继续埋头写作业。过了一会儿，她的歌声没有停，但她放在书桌上手机的震动却把正专心写作业的我吓了一跳。我好奇地瞥了一眼手机，却看到了一个熟悉的名字，就是我喜欢的那个男生。我拿过手机，短信预览里有一句话：“我不想说第一次见你就喜欢你这么俗气的话，尽管这是事实。”

心跳得怦怦的，我拿过手机，面红耳赤地听着浴室的动静。水声还在继续，她的歌声也还在继续。我颤抖着手按了阅读键，加载了一下，一条长长的告白短信就出来了。屏幕渐渐模糊，眼泪打在了上面，我急忙擦干净，把手机放回了原处。

我盯着参考书，脑子里却是一团乱麻。浴室的水声停了，我快速地拿过手机，翻出短信按了删除键。

她从浴室出来，擦着头发坐到我旁边，把下巴靠在桌子上说：“妹，你快去睡吧。你的眼睛都熬得这么红了。”

我想到那条短信，看着面前因刚刚洗完澡而面若红霞的她，说：“别猫哭耗子假慈悲。”

她生我的气始终生不了太久，坚持了半天不跟我说话以后，她又像一只无尾熊一样恨不得贴在我身上，不管我看着有多么冷冰冰。

有一天晚上，我睡着一会儿就醒了。外面电闪雷鸣的，窗户又没关，窗帘被风吹得鼓鼓的，盛夏的第一场雨下起来了。

我站起身，借着外面微弱的光线把窗户关上，窗帘拉好。

躺回床上的时候，许言言蹭了过来，贴着我：“妹，你也醒了？”

“你早醒了，那你干吗不去关窗户啊？”

“我怕嘛。我一个人不敢。”

我在黑暗中翻了一个白眼，没有搭话。

“我分手了。”

“你该不会有其他喜欢的人了吧？”我想到那条短信，一下子警惕起来。

许言言软绵绵的声音在我耳边响起来：“对啊，有。”

许言言喜欢的那个男生和我喜欢的男生不是同一个人。

那个男生的脸我用了很长时间才想起来，因为实在太普通了。

高高的，戴一副眼镜，高一的时候曾和我们一个班。成绩还不错，长得耐看但是要说有多帅气确实有点勉强。

高一中午的时候，许言言正趴在教室的桌子上睡午觉，突然觉得凳子开始摇晃起来。她趴着不愿意起来，对后桌说：“你别踢我凳子啊。”

没有人回应，而摇晃还在继续。她非常不耐烦地抬起头，却突然被一个人从凳子上拽了起来，牵着手跑出了教室。

这个人就是成木林。那一天是2008年5月12日，汶川八级地震的那一天。

成木林的手，温热却没有一点儿汗水，他牵着许言言跑出教室后，就放开了许言言的手。看着她笑了一下：“睡得可真死啊。”

许言言看着教学楼下满满的同学，还有点儿没从睡梦里醒过来的样子：“刚刚是怎么了？”

“地震吧？应该是。”成木林说。

“不可能啊。”许言言揉揉眼睛，“我们这儿哪有什么地震。”

“很正常的。四川位于喜马拉雅山地震带上，小的地震带也非常多，鲜水河地震带，龙门山地震带，发生小地震也很正常。”

“地理学得这么好啊。”

成木林笑笑，没有说话。

学校广播紧急通知，下午不上课，上课时间待定，同学们去广场上和操场上活动，不要待在室内。

于是，成木林和许言言就和大部队一起走出校门，来到不远处的广场上坐着。广场上熙熙攘攘的人群吵闹不堪，大多数店铺都关门了。五月的下午，太阳还很毒，许言言被晒得眼睛发疼，一个劲儿地揉眼睛。

成木林把外面的衬衫脱下来，递给许言言说："你遮一下吧。"成木林穿着短袖，手臂上隐约可见小块的肌肉，手指修长，骨节分明。从来没有这么近距离地被人群挤到手臂贴着手臂，许言言突然就害羞了。她接过衣服包在头上，在下巴上系了一下，鼓着腮帮子，做了一个对眼，问："我像不像老鹰捉小鸡里的鸡妈妈？"



成木林笑了，郑重地点头："像。"

坐到傍晚，学校却还没通知要不要上晚自习，两人一前一后地朝学校走着。许言言是个嘴巴停不住的家伙，熬到这个点儿还没吃饭，肚子早就已经不舒服了。但是出来得急没有带钱包，她跟成木林又不熟，也没办法开口。

这时候，成木林在学校门口的面包店停了下来，翻遍了全身的口袋，问："你想吃什么？"

她早就饿得不行，一听这话欢呼雀跃地挑了一个面包。成木林付了钱，和她一起走出店门。许言言咬了一口，说："谢谢，好吃。"

成木林说："你等等。"又转身返回店里，回来的时候，递给了她一瓶矿泉水，说："别噎着。"

许言言吃了一半，才想起问成木林："你不吃吗？"

成木林摇摇头："我不饿。"

成木林也没有带钱包出来，只有中午买完笔之后随手塞到裤兜里的三块钱，就给许言言买了两块钱的面包和一块钱的矿泉水。

追求者无数的许言言，收过巧克力鲜花的许言言，就这样因为这三块钱沦陷了。

她说："妹，我其实一点儿都不想喜欢成木林。成木林有什么好的啊，他就只想跟我当朋友，还说什么让我别早恋耽误学习。哼，你说我之前的那个男朋友多好啊，多少女生喜欢他啊。可是，我就是感觉还是更愿意和成木林待在一起。我也分不清这是友情还是爱情，总之是烦死了。

"妹，你说成木林到底喜欢我不？我看了一下星座，觉得我和他的星座还挺搭的。我那天路过的桥边上有个算命的，那个算命的也说我和他的生辰八字挺合得来，他是——"

我没好气地说："你才多大啊，怎么跟我妈似的还算上了八字。早点睡吧，是你的跑不了，明儿早还上课呢。"

她"哦"了一声，翻了一个身，背贴着我的背，又反手过来帮我掖了掖被角："妹，晚安。"

在许言言家住了将近一个月，我搬回了家，而短信的事也顺利地瞒了过去。我喜欢的男生似乎对许言言已经死心了，我踏实了许多，并且不再讨厌许言言。和她认识的时间越久，我就越喜欢她。她也和成木林一直维持着朋友关系，没有丝毫进展。

我们就这样到了大学。许言言和我，还有成木林，分别在三个城市。

大学第一学期，有一天周末还在睡着，手机就不停地在床的那头震动。我打了一个哈欠，把电话接起来："喂，许言言你干吗？一大早的，你明明知道我不想接你电话的。"

许言言在那头激动得大叫："妹，我跟你说，成木林喜欢我！"

“他跟你表白了？”

“那倒没有。是他兄弟跟我说的，他姐姐也跟我说过！他真的喜欢我！”

“哦。那我继续睡了啊。”

“好的，你睡吧。爱你。‘啵啵啵’——”许言言丧心病狂地接连从电话那头送了好几个飞吻过来，才心满意足地挂了电话。

我浑身一颤，想起许言言的样子，笑了笑，拉上被子继续睡。

在这之后，许言言就去了成木林所在的城市看他。

成木林的学校偏远，怕她来回不方便，就在学校里给她找了一家环境很好的家庭旅馆。安顿好她，成木林就说了“晚安”，带上门出去了。

许言言从没一个人住过，她又认床，就连在自己家父母出差都要找我陪，更别说在陌生的地方。哪怕是楼上传来一点点声音，她就缩在被子里不敢动。虽然到后来没那么怕了，但闻着陌生的气息，睡着陌生的房间，却怎么也睡不着。

她失眠了一整晚，第二天成木林带她去附近的欢乐谷玩儿了一趟。晚上送她回宾馆，他交代了关好门窗这些琐碎的事之后，正准备走时，许言言说：“你能不能别走啊，我一个人真的有点害怕。”

成木林在原地愣了两秒，说，“好”，然后反锁上了门。

玩儿了一天，两个人都有点累了，许言言洗完澡就穿着睡衣钻进被子。成木林也洗完澡出来，但是穿着白天的衣服，也掀开被子的一角躺了进去。

“咱们俩认识几年了？”许言言问。

“四年了。”

她喃喃道：“对啊，转眼就四年了。”

两个人躺在床上聊了一会儿天，许言言就睡去了。

成木林帮她掖好被角，调好空调的温度，也睡了。

半夜的时候，许言言做了一个梦，欢乐谷里那些雕塑里的人都变成了真的，追着她跑。她一直跑，那些人就不停地追，最后她一脚踩空，掉下了悬崖。

她一个激灵醒过来，喘着粗气。成木林也就醒了，他柔声问："做噩梦了？"

她长舒一口气，"嗯"了一声。

成木林把手伸出被子，隔着被子拍拍她的肩膀："没事的，都是梦。没事的。"

许言言慢慢平静了下来，又睡着了。醒来的时候成木林还没醒，许言言看着他，乐此不疲地看了半个多小时。"他的睫毛好长啊，他的鼻子好高啊，他的眉毛怎么那么英气啊！"许言言想道。

往后的几天，都是如此。

这是许言言第一次和一个男人睡一张床，她幻想过很多情节。

那些情节一个都没发生。

发生的是最让人安心的那一种。

这趟旅程之后，许言言和成木林的关系还是没什么进展，成木林却交了一个女朋友。

据朋友说，那个女孩高中的时候就很喜欢成木林，为了和成木林进同一所学校委屈自己报了比分数低的志愿。

她对成木林说："祝你幸福。"

她却打电话来跟我撒泼，她说："妹，是不是如果我主动一点儿，他就不会被抢走了？可是我这辈子都没主动过啊，他怎么能这样呢！我都跟他睡过了！"

我压低声音："你们俩上床了？"

"没有啊。但是睡过一张床。"

我说："那算个屁啊。别一惊一乍吓我，我都准备回去告状了。"

赌气似的，许言言不久就答应了大学里追她的一个男生。

交往两个月以后，男生带她去雪山玩儿。

订的酒店在景区内，到了之后男生却告诉她只订了一个房间。因为风景区再加上旅游黄金周，酒店特别贵。

她不大高兴，但是也没说什么。

跟男生躺在床上，许言言闭上了眼睛，想起的却是地震那一天成木林小小的肌肉块、说话时滚动的喉结，以及阳光下满头大汗却笑得灿烂的脸。

男生的手搂上了她的腰，许言言没说话。

他把手伸进她背心里，顺势往胸上滑，许言言抓住他的手，放回他自己的胸前，说："别这样。"

男生老实了两分钟，又摸上了许言言的大腿。许言言又一次抓着他的手，语气严肃地说："你再这样，我生气了。"

男生没停，在许言言的大腿上轻轻掐了一把："宝贝儿别生气嘛，你又不是不懂。反正男欢女爱这种事儿又不违法，你这么漂亮我怎么忍得住。"说完把手滑向了她后背的胸罩带子。

许言言深吸了一口气，坐起来开灯，开始穿衣服。不顾男生的阻拦，穿上鞋拿上包，走到门口时说："我们分手吧，我一点儿都不喜欢你。"

许言言走出酒店，冷风差点把她刮倒。

这里的夜晚至少有零下十几摄氏度，许言言缩成一团，用手机的光照着，往最近的景区负责处走。夜里的景区一团漆黑，她不知道方向，公路上只有她一个人，她的脚冻得几乎快失去知觉，夜风呼呼地咆哮。她终于忍不住和夜风一起，边走边哭。

错过你之后，就再也遇不到你这么好的人了，再也找不到比你更好的人了。

许言言找到了最近的值班点，在值班点裹着大衣烤着火等天亮，等车来。

第二天回学校以后，她就大病了一场。

全身高烧，身体软绵绵的，却又觉得很重。一会儿觉得自己在冰窟里冷得瑟瑟发抖，一会儿又像是进了火炉一般。

她打了一天点滴，睁开眼睛看到的第一个人是成木林。

他说："你室友说你生病了，我想着你在这个城市又没什么亲人，也没人照顾你。我就请假过来了。"

许言言看着他，他又长高了一些，晒黑了一些，但是笑容和高中的时候一样。她笑了，说："我饿了。"

他急忙下楼去买粥，买回来吹冷，送到许言言手上。

许言言撒娇说："我病着呢，没力气。"

他就好脾气地一勺一勺地喂她，许言言还一个劲儿地催他："快点，快点，喂个饭怎么那么慢。"

喂到一半时成木林的电话响了，他放下碗，站起来在窗边接电话，"嗯嗯啊啊"了几句就挂了。

许言言自顾自地在旁边喝着粥问："谁啊？"

成木林答："女朋友。我不在身边的时候，每隔一小时就要打电话来问我在做什么。"

她的勺子停在了半空中，笑容也僵在脸上。她慢慢放下勺子说："你回去吧。我叫我男朋友过来照顾我。"

这一场病好以后，许言言就去上海做了模特。

再见到她，就已经是现在了。

许言言坐在凳子上，化妆师在给她化妆。

她侧脸看着镜子，说："嗯，对，阴影少打一点儿，我太瘦不好看，假睫毛不要用那么夸张的。"

看见我，她冲我挑了挑眉毛。

我往梳妆台一侧靠了靠，把玩着上面的首饰说："你这几年瘦了好多。"

"对吧。所以我现在在努力吃胖啊。我一天吃五顿呢。"

我点头："像你的风格。"



她说："那是因为做模特的时候太饿了啊。所以当我决定辞职离开这个行业，不再亏待自己身体的时候，我就觉得我一定不能饿着自己。"

"你那张嘴会有停的时候？"

"没有办法啊，我喝水都长胖，有活动的话我头一天水都不敢喝，因为会水肿。经常一天赶好几个场子面试，都忙到没时间吃饭，你以为那些模特那么瘦是怎么来的啊？饿的呗。我基本上每天就吃吃早饭，午饭随便吃点水果什么的，从来不吃晚饭。有时候是真饿啊，饿到半夜想吃东西想到哭，那个时候，我就想起在地震的那一天。我饿的时候，有人能给我买一个面包，让我放心吃，多好啊。"

我撑着下巴："这成木林，泡妞儿用的本钱真少啊。"

"也不少。有次我在上海拍照，饿到胃疼，给朋友圈发了一条微信说'最大的梦想就是吃顿饱饭'。"

第二天他就来上海接我，他说："我来请你吃顿饭。"

他那个时候已经单身很久了。周末就飞到上海来，说："许言言你吃点儿吧，许言言你要不要吃这个？许言言你别把自己饿出病了，我想娶的是一个活蹦乱跳的许言言。”

许言言的眼角盈盈带泪，她说：“我觉得他特别好。从前很好，现在也很好。”

我边往自己的礼服上别着胸针，边说：“你嫁这么早干吗？指不定家里得怎么催我。”

她得意地晃了晃脑袋：“因为遇见了对的人啊。”

“既然你要嫁作人妇了，有件事儿我一直耿耿于怀，想告诉你。”

“你说。”

“我跟你一起住的时候，有个男生给你发了一条告白短信被我偷看了，偷看完我就删掉了。”

她把右手比了一个手枪的形状指着我，怒目圆睁：“如果是成木林发的，我现在就在这里当场枪决你，再把你拖出去大打八十大板，坏蛋。”

“不是。”

“哦，那就原谅你了。”她吹了吹“手枪”，把手指缩了回去。

我松了一口气：“不想知道是谁吗？”

她摇了摇头：“反正是跟我没关系的人，干吗要知道。”

她挽着成木林的手，一步一步地从花庭走过，追光打在他们的身上，我像是回到了那个愚人节的下午。成木林在后排吹着气球，蹲在她的桌子面前研究，怎么把气球放进去又不压破，把写在巧克力上的卡片来来回回取了好多次，还是没放上去。

他终于在婚姻誓言书上签上了自己的名字，那串被系在窗台上的气球，现在终于飞起来了，那盒他用心准备的巧克力，也能两个人一起品尝了。

虽然有很多人说许言言那么漂亮，却嫁了一个如此普通的男人。但我却觉得，这哪里普通？这美好得简直就是童话！

整个婚礼上，成木林的誓词是：

“从我高中起，我就梦想着娶亲爱的许言言。而今天，这个梦想实现了。从今天起，我梦想着和许言言快乐幸福地度过余生。”

许言言笑着，露出了一个浅浅的酒窝，坚定地点了点头。

她接着抹去了眼泪，吐了吐舌头。

你看，我们都长大了。只是许言言，只是那个漂亮的许言言，留在了青春。

chapter 06

隐形人

# 隐形

你的身边有没有这样的人？他们明明是存在你身边的，点名册上有他们的名字，教室里有他们的位置，早读的时候有他们的声音。但是他们就是有一种特异功能，能在人群中隐形，人们记不得他的名字，也想不起他的长相，似乎我们都没有看见过他，更别提记得他。

我们称这一类人为隐形人。

卢苇算是里面的一个代表。

她是我的后桌，虽然时间短暂。

高中的时候，坐在后排的几个男生上课时总像是度假似的插科打诨。为了整顿班风，班主任重新排了位置，内向的挨着外向的，以成绩好的学生为圆心，以成绩好坏为排列依据。像我这种成绩中等但是又爱在课堂上看小说的学生，就被排到了靠近窗子的一边，以方便老师监视。

我的旁边是一个有点胖但是脾气特别好的女生，叫林依人，后面便是卢苇。

我和林依人有说不完的话。每天下课的时候都要趴在桌子上聊天，聊新出的电视剧，聊明星八卦，聊老师，聊班上的漂亮女生，聊隔壁班的校草，每每转过头时总看着卢苇一脸笑意地看着我们。

我和卢苇的交流不多，她坐在后排，丝毫不吸引人的注意。有时候为了照顾一下她的心情，我会特意把她引到某个话题里来，转过头去问她的意见，她总是笑笑说“不知道”。久而久之，我也就觉得跟她没什么好聊的了。

我一直是一个脑子不大好使的人，跟她前后桌一两个月了，我还经常叫错她的名字。后来我想也许不是我的错，她本身就是个不容易被记住的人。

她不漂亮，又瘦又矮，脸色蜡黄，还有几颗雀斑，头发短短地扎在脑后，像一个木桩。她有点对眼，有一只眼睛和常人不一样，无神，眼白很多，像蒙着一层白色的鸡蛋膜。我曾经好奇过，但是始终没有问出口过。

她坐在座位上，很少被老师点名批评，也很少被表扬。她并不是不跟人说话，只是做不到跟人侃侃而谈，班级活动虽然不是不参加，但是也从来没出过风头。没错，她就是这么普通。

卢苇的家在农村，家跟学校有三个小时的车程，她一个月才回去一次，有时候是两个月。我的家就在学校旁边，所以我中午都回家吃饭。每天走的时候，奶奶总会嘱咐我带一些水果，有时候是橘子，有时候是几颗葡萄，有时候是一个苹果。某一天，我吊儿郎当地靠墙剥着橘子跟同桌聊天，正好碰上卢苇的目光。我掰了几瓣橘子给她，她腼腆地接过去，说：“谢谢！”我摇头，继续跟林依人聊天。

我问：“周杰伦拍的那个新电影你看了没？”

同桌摇头：“周杰伦不是唱歌的吗？那小眼睛能演戏吗？”

我哈哈大笑，说：“眼睛小又没招你惹你，他演戏还是不错的。我看过他演一个赛车的，讲的是他开一个送豆腐的车，但是开得好像特别快，忘了叫什么名字了。”

“《头文字D》。”卢苇抬起头来，提醒道。

我点点头，说：“对对对，就是这个。我觉得还挺好看的。陈冠希好帅啊！余文乐也好帅啊！”

卢苇一脸坚定地说：“周杰伦最帅。”

“你喜欢周杰伦啊？”

她点点头，有点害羞地笑了一下，埋下头继续做题。

第二天吃完晚饭回到教室，教室里的人还很少。天色快暗了下来，学校却还没有开灯。她正借着窗外微弱的光线做着作业。

我坐下来说道：“你干吗一个人坐这儿不跟其他人聊天啊。黑灯瞎火的，眼睛不累啊？”

她继续埋着头：“作业没做完。”

“等来电了再做呗，光线这么暗，眼睛会搞坏的。”

她还是埋着头做作业。此刻我看不到她的表情，但是她的沉默让我知道我说错话了。于是我急忙纠正道：“我不是那个意思。我是说，这样下去你会近视的。我以前就是，三百多度。”

“你现在不近视了吗？”她抬了一下眼睛看了我一眼，又迅速把头埋下去。

“不近视了啊，我现在都没戴眼镜。我跟你说啊，我初中的时候觉得戴眼镜特别斯文，特别好看，特别有气质，所以我就想方设法想要近视，这样我爸妈就能给我配眼镜了。后来，还真就把自己搞近视了。”

“那是怎么好的呢？”

“大概是从发现我戴眼镜一点儿都不好看开始就好了吧。”

她轻笑了一下，说：“好羡慕你啊。”

我从桌子里摸出MP3，把耳机塞在耳朵里，小声地哼着歌。

我分了一只耳机给她。

她摇了摇头："我不听。"

"是《七里香》。"我说道。

"哦，谢谢。"她拿过一只耳机，也跟着我一起摇头晃脑。

"那温暖的阳光，像刚摘的鲜艳草莓，你说你舍不得吃掉这一种感觉。雨下整夜，我的爱溢出就像雨水，院子落叶，跟我的思念厚厚一叠……"

我哼哼着，不忘提醒道："你也唱啊。"

"我不会唱歌的。"

"撒谎，哪有人不会唱歌的。哎呀，你唱嘛，反正又没什么人在，有什么害羞的。"

她继续摇头："我真的不会唱。"

我清了清嗓子，说："听好啊，这样唱的，'窗台蝴蝶，像诗里纷飞的美丽章节，我接着写，把永远爱你写进诗的结尾，你是我唯一想要的了解'。"

她竟然还放下笔鼓掌说："好听！好羡慕你会唱歌！"

我顿时就不好意思了，放下耳机说："你先听着，我去上厕所。"

上完厕所从后门回去，坐在她的后排，听到她哼哼的歌，声音不怎么好听，调子不准，歌词也模糊不清。

我在后排站了一下，又从后门偷偷溜出去了，生怕打扰她一个人的宁静。

我的高中生活和所有的高中学生一样，我渴望大学，渴望更大的世界，渴望遇到那个正确的人。也在这种渴望中，看着每一天的太阳升起来，又目送它落下去。

晴朗的日子，操场上每天都能看到落日。

在对学校渐渐熟悉以后，我经常会在吃过晚饭以后，去操场边的看台坐坐。男生们在台下打球，铁丝网的那边，太阳把空中染成了一片绚烂的红，它没了平时的耀眼，像一颗橙色的糖，慢慢地落到教学楼的阴影里。

后来，我邀请卢苇跟我一起去。原以为她会拒绝，没想到她居然答应了。

我们坐在操场上，我看太阳，她看男生打球。

我转过头跟她说："夕阳真美啊。"

她把目光从篮球场上收回来，点点头，叹了一口气："也许美只是因为短暂，要是每天都这样挂在天上，你就不觉得了。"

我笑："多好啊，冬暖夏凉。"

卢苇的口头禅是"我好羡慕你啊"，即使是我们觉得微不足道的事。

她羡慕我可以在家里睡午觉，不用在教室里把手臂压得酸疼，羡慕我头发又长又软，羡慕我眼睫毛长，羡慕林依人英语好，羡慕体育委员跑步跑得快，羡慕某某手长得好，羡慕某某笑起来好看，羡慕某某幽默搞笑。

她每时每刻都能从经过的人身边，找出一个让她羡慕的优点。

唯独有一个人。

那个人其实我们不认识。

在学校没上几个月课，我就目睹了一起事故。

下自习课了，没有老师我就很快从后门出了教室，边走边打电话。猛一抬头，跟我们教学楼呈九十度夹角的另外一栋教学楼上，一个黑影砸在了地上，清晰的"砰"一声。

下一秒我看见了一个人躺在地上。

刚刚下课，还没有什么学生出来，那一声“砰”就在我耳边不停地回响。

我愣在原地，身体像是僵硬了，手机都拿不稳，手机砸在地上又是一声“砰”。我这才回过神来，身子却怎么也动弹不了，眼泪不听指挥地一颗一颗往外涌。

后来我才知道，这个叫恐惧。

同学们都出来了，所有人都趴在了阳台上，层层叠叠的，议论着地上趴着的那个人。我不记得是谁帮我把手机捡起来的，也不记得是谁把我推回教室的。我只记得，那天我的脑子里一片空白，所有的内容就是那一声“砰”。

我不知道这是不是我们学校第一个跳楼的学生。但是我知道，这是第一个我亲眼见证的跳楼的人。

这件事在我心里留下的阴影，不仅仅是因为看见了一个人跳楼的全过程。

事情发生的第二天，物理老师在上课的时候说：“你们好好学习，别放在心上。昨天那个同学怕是有钻研精神，想要学习自由落体吧。”

贴吧里冒出了一大堆关于这个跳楼男生的消息。

有他班上的同学出来发帖说，他跳楼的原因是成绩非常好，每次都考第一。这次考得不理想，老师就站在他的座位旁边给他分析了一下原因，他便觉得是老师看不起他。于是下课以后，老师还没离开教室，他就在众目睽睽下拉开门爬上栏杆跳了下去。

整个动作一气呵成，绝无拖泥带水。

那个男生跳下来的地方，正好有一棵树，他被树枝缓冲了一下才掉到地上，除了骨折并无其他大碍。

下课期间，大家聊到这个的时候，我对芦苇说：“卢苇，你是不是又要说，好羡慕他的幸运啊，这样都可以死里逃生。”

卢苇摇头：“我一点儿都不羡慕他，我觉得他好可怜。”

我挑高眉毛问：“为什么？”

“我觉得他太懦弱了，这么一点儿小事就想着死。”她顿了顿，补充道，“他根本不知道活着会有很多事发生，而死了就什么都没有了。所以我一点儿都不羡慕这样的人，想死的人。”

我思考着她的话，然后郑重地点了点头。

很快到了我上高中之后的第一个生日，我请了几个朋友到家里吃饭，但是因为跟卢苇关系一般，并没有邀请她。

当天晚上回到学校，几个朋友围在我身边眉飞色舞地说着我的生日和奶奶做的菜。而卢苇只是看着我们，没有说一句话。



过了一会儿，上课铃响，人群散去。

我正在看书，卢苇用笔轻轻捅了捅我，我的头微微转过去，她推过来一个小纸条。

“生日快乐。”

我回：“谢谢。”

第二天，她递给我一个笔记本，说：“我没有别的东西送给你。”

我接过来，笑着说：“谢谢，我最喜欢笔记本了。这个本子很漂亮。”

她如释重负地笑了，说：“你喜欢就好。”

我把笔记本放在书上面，中午有同学过来翻看，问：“这是卢苇送你的啊？”

我点头。

她翻开一页给我看：“这个本子用过了啊。”

我轻轻摇头，举起手指使了一个眼色给她，“嘘”，然后瞟了一眼后面，她并不在座位上，才放了心。

我说："这页是刚刚我撕的。我写错字了。"

"这不止一页啊。"她强调。

"我不止撕了一页。"我翻了一个白眼，把本子拿回来合上，"好啦好啦，你赶紧回去，我要睡午觉了。"

等她走后，我翻开本子。

是胶装的，被撕过的痕迹没办法磨灭，两页之间能清楚地看到一些细碎的还残留在本子上的纸屑。

我把本子写上名字放进书桌里，再也没有提起过这件事。

课间，我像一只无尾熊一样吊在林依人身上："啊啊啊啊，我好饿。"

她看了我一眼，说："我也好饿。"

"我想吃臭干子。"

"我才不吃那些垃圾食品，我想吃你奶奶做的粉蒸排骨。我觉得你好幸福啊，你奶奶做饭太好吃了吧？"

"对啊，我奶奶年轻的时候是个厨师，特别贤惠。"

"你奶奶也很好看。"卢苇的声音在背后响起。

"你见过啊？"我转头问。

"上次不是来给你送过伞吗？好羡慕啊，有这么好的奶奶。"

我笑着点头："反正我爸妈不在家，我跟奶奶相依为命嘛。"我换了个坐姿，话锋也一转，"马上元旦要放假了，你元旦回家吗？"

她说："不回，反正家里没人。"

"那去我家吧。你还没去过我家呢。"

"不用了，不好意思。"她轻轻地摇头。

"没事儿，去吧。我们家没别人，我奶奶你也见过，很好客的。"

她看了我一眼，掩饰不住眼里的开心，又低下头想了一下："那好吧。”

我跟奶奶打了个招呼，说“元旦同学要来玩，多做点菜”之后，就把这件事抛之脑后了，而她却记得很清楚。

她说：“你家住西门对吧，远不远？”

我摇头：“不远，十几分钟就走到了。”

“你不是有个妹妹吗？”

“我妹妹跟我爸爸妈妈在一起，现在不在家。”

“哦，我们上午去还是下午去啊？”

“上午吧，一起吃午饭。”

“嗯，我最近可能是没睡好，一直觉得头疼恶心，还喘不过气。”

“那你去医院看看啊。”

“没事，哪有动不动就去医院的，医院好贵。”

可卢苇最终还是去了医院。

在晚自习发试卷的时候，卢苇站起来领自己的试卷，刚刚走下讲台没几步，就“咚”的一声，倒在了地板上。同学们七手八脚地把她送到校医院，校医院的医生说：“可能是营养不良，但是不排除有其他的大问题，建议去大医院做个检查。”

卢苇在医院检查的结果是心脏病。

心脏病有很多种，我不记得卢苇的是哪一种。

我只记得她一脸歉意地跟我说：“不好意思啊，说好去你家玩儿的，但是老师让我去我爸妈那里看病。正好元旦有几天假，不会耽误太多学习。”

我点头说：“好，没关系，你安安心心去治病，等回来了再来玩儿吧。我们家随时欢迎你。”

“那等我回来哦。”她说。

卢苇的爸妈在上海打工，根本没办法负担卢苇的手术费。

我们班在元旦前发起了一个募捐活动，不仅在自己本班募捐，还去别的班级和别的学校。同学们声泪俱下地说着，我们班有一个多么品学兼优的学生，却不幸患上了心脏病，家庭困难所以请求好心人献出一点儿爱心之类的话，我把存下来准备买衣服的钱投进了募捐箱。同情把大家联系到了一起，而我着实不喜欢这样的氛围。

班主任公开了卢苇家长的电话，说我们有什么话可以打电话跟卢苇说。

我照着班主任说的号码打过一次，没有人接，之后就再也没有打过了。

元旦假期快结束的那晚，我的手机里收到了一条陌生短信：

“其实我不喜欢大家给我捐款，等我好起来了，等我以后赚大钱了，要全部还给你们。”

“早点回来念书赚大钱啊，最近的数学越来越变态，你别落下了。”

“我会的。”她回道。

我在黑暗里看着手机，笑了一下把手机塞到枕头下继续睡。

“卢苇的手术很成功！”当班主任来班上给我们宣布这个消息的时候，大家都情不自禁地欢呼起来。

班主任摆了摆手，示意我们安静，接着说道：“手术成功了，但是还要在医院观察一段时间，卢苇很快就可以回来和大家一起继续学习了。”

班上又沸腾起来，大家甚至站起来击掌了。

然而欢乐的情绪没持续多久。

几天过后，班主任在自习的时候进来，面色沉重地说：“告诉大家一个坏消息。刚刚接到电话说，卢苇同学昨天晚上在家里感染了，再次病发。虽然及时送到了医院，但是没有抢救回来。晚上九点多的时候，她去世了。”

班上又是一片声音响起，不过多是惊异和不敢相信的叹息声，甚至已经有女生趴在桌上哭了起来。

而我的心像一只被剪断了线的风筝，沉沉地往下坠。整个晚上，我没有再说过一句话。我攥着餐巾纸，努力集中精神做作业，却什么都看不下去，甚至一瞬间脑子里都是空白的。

直到放学，这种压抑又悲伤的气氛都笼罩着整个班级。

她的手术成功了，手术费却榨干了整个家庭。于是她的父母思考之后还是决定不顾医生的阻拦，先让她出院在家里疗养，谁也没想到她会感染。

之后，班上举办了一个纪念她的主题班会，有人上去说印象中的她，有人念写给天堂的她的信。大家约定说等到照毕业照的时候，也要给她留一个位置，她永远是我们 14 班挥之不去的一分子。

我转过头看着空空荡荡的位置，她的书还像原来一样摆在那个位置。就像是她只是离开，去了个厕所，去操场看男生打球了，去校门口买了一个煎饼，这么短的时间。而她跟我说的最后一句话是：“那等我回来哦。”

她却再也没回来。

当天晚上我跟奶奶说：“那个说来我们家吃饭的同学，不来了。”

奶奶问：“怎么不来了？你跟别人吵架了？你看你这个德性，这臭脾气，肯定是得罪人了。”

我说：“死了。”

奶奶说：“呸，瞎说什么呢？这些话是不能乱说的，怎么能平白无故咒别人死了呢？”

我用被子捂住头，在奶奶渐渐远去的唠叨声里，我却突然想起她说那个跳楼的男生的话：

“他根本不知道活着会有很多事发生，而死了，就什么都没有了。”

真是一语成谶。

后来，她就从最开始的隐形彻底地消失在我们班上了。

悲伤的气氛在班上持续了几天，然后像太阳驱散乌云一样，大家重新开始打打闹闹。

又过了一段时间，她的哥哥来学校收拾她的东西，我从来不知道她还有个哥哥。或许她还有更多的兄弟姐妹，却没有告诉过我。本来我对她的了解就不多。

他哥哥走了以后，我才想起我这里还有她的数学作业本，我数学不好，所以借了她的作业本看解题步骤。

那个本子，我再也没机会还给她哥哥了。

她的桌子被搬走了，我再也不能像以前一样把背靠过去，就能碰到她的一堆书，她再一一把那些被我靠乱的书整理整齐。那段时间我总是心神不宁，晚上也睡不好，说不清楚原因。

后来我梦见过她，连续几晚做相同的梦。梦见我和她在操场一圈一圈地走着，散着步说说笑笑，远处是一轮橙玉一样的夕阳。

从此，我再也没有梦见过她。

我想她是来向我告别的。

高三毕业的时候，大家开开心心地照相，谁也没有提起过卢苇，提起那个说好留给她的位置，而我也没有提起。我重新有了一个后桌，一个喜欢说笑话，喜欢把脚放在我凳子腿边不停抖的男生，他是个活宝，让人开心。有时候被他的笑话逗得前俯后仰的时候，我看着他的位置，想着卢苇曾看着他说，“我好羡慕他的幽默啊”。

她最后一次出现在我们的故事里，是大学的同学聚会。

不知道是谁提到："我们高中的时候，好像有个同学后来死了。"

马上有人附和："啊，对的，我记得我们还给她捐款了。"

又有人想起来："我记得她成绩好像还挺好的，她死了班主任遗憾了好久，本来以为是考大学的苗子。"

大家热火朝天地讨论了一会儿，突然有个人问："对了，她叫什么名字来着？"

正好是一首歌结束另外一首歌未响起的间歇，KTV 里的大家面面相觑，努力回想着她的名字，却还是没有一个人吱声。

一首聒噪的歌响起，有人说："唉，管她呢。我们的聚会，玩得开心点。来来来，继续喝。"

我说："她叫卢苇。"

我的声音很快被淹没在音乐声里，划拳声里，笑声里，大家笑着、闹着、唱着，丝毫没有被刚刚的话题影响到心情。

这一刻，我才如此真切地意识到，她真的死了。

就死在今天，死在被遗忘的这一刻。

我不再纠缠非告诉他们她名字的原因是，我已经长大了，我不太相信奇迹，不太相信天堂，不太相信有的人会变成天上最亮的那颗星。有些事情，忘了就再也想不起来了。有些东西，丢了就再也找不着。有的人，走了之后就再也没有重逢的那一天。

卢苇，我来告诉你，你走以后的这些年，我们从一次特大地震里死里逃生，奥运会在中国举行得很不错。你走的时候嫦娥一号才发射，现在嫦娥三号都已经好好地待在空中了。我在外地，已经很少吃奶奶做的饭了。你喜欢的那个男生，去了东北念大学，现在的情况怎么样，我就不知道了。

还有，我再翻开你的那个作业本，发现那些题我一道都不会了。

你看，在你不在的时候，该发生的事情一件都没少。多让人失望，我们每一个人都是隐形的，世界多了我们和少了我们，一点儿区别都没有。

其实我也很少想起你。偶尔想起你的时候，我会想如果你还活着，有没有念大学，有没有交男朋友，有没有改掉那句口头禅。但是，我更加清醒地知道这些设想都是没意义的。

你真的什么都没带走，你学到的知识不再属于你，你的回忆不再属于你，你赚到的钱也不是你的。你的漂亮衣服和漫长假期也无福消受，你再也没有疾病和折磨，也没有思念和爱慕，这样的日子，一定很无聊。不过没关系，无聊也不是你能有的情绪了。

我只是觉得有一点儿遗憾，早知道，就好好跟你告别了，早知道，就让你早点去我们家吃那顿饭了。

日子一天一天过去，我的记性越来越不好。你知道我的，我记性一直不好，现在就更厉害了。每次别人管我要号码的时候，我都要翻出手机看一看，而我居然清清楚楚地记得你的名字。不是我跟你装熟，我跟你的关系真的算不上亲密，我不知道你喜欢吃什么，不知道你喜欢什么颜色，不知道你家里有几个人。但是我就是很奇怪，都快忘记你的脸了，却还记得你的名字。

我用假的名字，写下了你的故事，念叨着你的真名，backspace按了好多次。

因为虽然你是隐形人，

但是我也记得你这么久。

因为虽然你现在走了，

但是你曾经来过。

# 山高海/又深

chapter 07

山高海又深

杨瑞捷迷迷糊糊地睁开眼，伸出手在床头柜摸索到手机，按亮，凌晨 4 点。她把手机放回去，皱着眉翻了一个身，手机的光微弱地笼罩在房间里，安静得只听得到自己的呼吸声。

北京还睡着，她却醒了。

她口干舌燥又揣着蒙眬的睡意，在半梦半醒之间实在难受极了。

她最后还是起身打开灯，眯着眼去客厅接了一杯水，饮水机“咕噜咕噜”地响了几声。她端着那杯水坐在床头喝完，躺下后却彻底睡意全无了。

明天对杨瑞捷来说是个大日子。

她要见前男友。

杨瑞捷的前男友叫赵阳。

他是她的学长，高她一届。两个人在大学恋爱了三年，之后赵阳到北京闯荡，杨瑞捷一年以后毕业，也跟随赵阳到了北京。

赵阳在北京住的是地下室，环境极差，拥挤又潮湿。杨瑞捷没有找到跟本专业对口的工作，在一家公司做电话营销，因业绩不好老挨骂。后来在她的坚持下，他们搬出了地下室，找了一个有暖气的房子。但是在北京这座灯火通明却照不透人心的城市里，两个人的争吵越来越多。在一次吵完架以后，第二天早上醒来的杨瑞捷发现赵阳已经离开了。他连夜打包了自己的东西，一个纸条都没留就消失在这个屋子里。

他再也没回来过。

距离上一次见面，已经四年了。

飞机在跑道上停稳以后，杨瑞捷抬手看了一下表，正好是午饭时间。她去洗手间补了补妆，整理了一下发型。因为在飞机上她一点儿都没把头靠着坐垫，所以发型还是早上从造型店出来时候的样子。

到出口的时候，她戴上墨镜快速打量着等在出口的人群，心跳也加快了。她调整呼吸，努力让自己看起来很镇定。

环视了一圈，没有赵阳。

等托运的行李运出来的时候，她怀着一丝侥幸，从左到右，仔仔细细打量着那些望眼欲穿等待的人。那些人里，没有赵阳。

她松了一口气，却没办法藏住失望在心里的翻涌。

反正我也没叫他来。她这么安慰着自己，拉着行李箱往出口走，突然被人从后面喊住。

“那个，不好意思，请问您是杨女士吗？”

杨瑞捷的心跳又快了一拍，她停下脚步，摘下墨镜打量着对方。

“杨瑞捷女士？”对面的男人又问了一次。

她轻轻点了点头。

“是这样的，虽然您说您不用人接，但是公司还是让我来接您。”对方说。

她微笑着，手放开行李箱的拉杆，歪了歪头，意思是“劳驾”。

对方赶紧提上行李箱，带着她走出机场。

在车上，她一句话都没有说。只是一只手靠着车窗，微微撑着头，看着窗外不停向后移动的风景。

“之前见过您的照片，想着您的职位，以为是您以前的照片。没想到您本人就这么年轻。”来接她的小伙子把着方向盘，冲她一笑。

她微微一笑说：“谢谢！”

“第一次来青岛吗？”

“之前来过一次，不过是好多年前了。”

“变化大吗？”

杨瑞捷想了一下：“其实我也不大记得原来的样子了。”

杨瑞捷第一次来青岛的时候还在念大学。

放假的时候，杨瑞捷和赵阳各自回家了。她和赵阳因为一件小事吵了起来，针尖对麦芒。她买了当天飞青岛的机票，到的时候已经是凌晨3点了。赵阳的家乡没有机场，和青岛隔了几个小时的车程，她就在路边拦了一辆出租车，连夜赶往那个城市。

当时她也像现在这样，用手撑着头，让夜风吹干她的眼泪。

司机说：“小姑娘，你怎么赶这么急，这么晚了就在青岛住一晚啊，明天再去呗。”

杨瑞捷摇了摇头：“我要挽救我的爱情。”

一见到赵阳，杨瑞捷像往常争吵后一样，拥抱着赵阳诉说委屈，然后他再哄哄她，两个人又和好如初。

而后来在北京，赵阳收拾东西离开的那次，杨瑞捷只是很平静地打包了他没有带走的东西放在门口。她联系房东换了一把锁，把赵阳彻彻底底地锁在了自己的生活外。

她这一回已经不需要再挽回。

她已经没有可以再挽回修补的爱情。

杨瑞捷和赵阳约了吃晚饭。

她故意迟到了几分钟。

踩着高跟鞋进店，然后她看到了四年未见的赵阳。

她愣了一下，坐在了赵阳的对面，直着身子放下了手机和包包。

赵阳抬起头，看见她马上放下了手机，说："你来了！"

她点头："等很久了吗？"

赵阳说："没，我刚刚到。"

赵阳的身上有很明显的岁月的痕迹，他胖了一些，戴着一副眼镜，穿着西装和衬衫也能隐约看见啤酒肚，头发剪得很短。不知道是太久未见还是他变化太大，杨瑞捷盯了他几秒钟，又匆匆转开视线，刚刚还无比紧张的心情突然一下就放松了下来。

她稍微倾斜了一点儿，以一个稍微舒服的姿势往椅子上靠了靠："四年了吧？"

赵阳问："什么？"

她微微偏头，做出回忆的样子："距离咱们俩分手，也就是上一次见面，你打包行李一声不吭地离开北京，已经四年了吧？"

赵阳皱了皱眉，喝了一口水，艰难地点了点头："嗯，四年了。"

"毕业以后，我本来想回家，家里给我找了很好的工作。但是你说你想留在北京奋斗，就把我也忽悠到北京，结果却丢下我一个人跑了。我在北京又没什么亲戚，人生地不熟的，你还真做得出来。"

赵阳把眼睛看向别处，说道："对不起！"

杨瑞捷大大方方地看向他："没事儿，塞翁失马嘛。要不是你，我压根儿就不会去北京，现在可能已经回老家那边儿，找了个差不多能养活自己的工作，浑浑噩噩过日子吧。所以这些事儿谁说得准呢，对吧？"

赵阳努力扯起嘴角笑了一下："你过得好吗？"

杨瑞捷点头："好啊，现在的职位薪酬是我四年前连想都不敢想的。刚开始到北京觉得北京拥挤又迷乱，现在熟悉了，反而舍不得离开北京了。北京多好啊，淘汰该淘汰的人，吃喝玩乐什么都能满足。我也没想到，我是为你去的北京，结果你在北京待不下去，我一个人在北京撑下来了。对了，我在北京买房子了，以后来北京的话，欢迎来玩儿。"

赵阳点了点头。

其实杨瑞捷和赵阳在北京有过一个家。

刚刚到北京的时候，赵阳住在地下室，幽暗狭窄。值班室外面贴着各种纸张，一根铁丝从走廊穿过，挂着湿答答还在滴水的衣服，地板两边堆放着各种各样的鞋子。公共厨房油腻腻地横在厕所旁边，摆着一堆没有洗的锅碗，旁边是一桶令人作呕的残羹剩饭。



这只是外观，里面的情况更惨不忍睹。赵阳的屋子只有她在家的卧室那么大，一张床一张桌子，就占去了大半部分空间，墙上有许多卷起的墙皮，空气中弥漫着霉味。

她虽然算不上家境优越，但是作为独生女，从小就娇生惯养的，实在受不了这种环境。待了几个月以后，她斩钉截铁地提出要搬家。

赵阳拗不过她，于是答应周末跟她一起找房子。

那个周末，北京下了入冬以来的第二场雪。她开心极了，一路蹦蹦跳跳地幻想着新家的样子，还在雪地里摔了一跤。她爬起来"嘿嘿"一笑，赵阳帮她拍干净羽绒服上的雪，牵着她的手，跟她说"小心一点儿"。两个人在冰天雪地里，一步一颤地缓慢地走着。

她抬起头看着赵阳，灿烂地一笑，觉得心里的温热可以融化整条街的雪。

他们的新家不是地下室，虽然不宽敞但是好歹有暖气。她已经非常满意了，欢天喜地地收拾东西。

公车上，杨瑞捷护着箱子，靠着赵阳的肩膀，看着窗外一栋栋往后退的楼房说道：“你看这么多房子，这么多人，穷其一生就想在北京有个家。你说，我们什么时候才能在北京有个家？”

“现在不是有了吗？”赵阳答道，“等我赚钱了，就给你买套房子。不对，等我有钱了，我们想在哪儿买房子就在哪儿买房子。”

杨瑞捷笑了笑，没有说话。

“北京的房子贵到什么程度呢？贵到我现在的工资不吃不喝要到我老死才买得起一间厕所，还是在五环外的毛坯。”她想。

杨瑞捷和赵阳刚刚搬进这个出租屋时的生活还算愉快，她的心情也好了几天。杨瑞捷每天下班回家就去厨房做饭，赵阳挽着袖子来帮忙，两个人忙活一阵后，就围着小饭桌边看电视边吃饭。

赵阳喜欢看电影，以前上大学的时候，有什么新电影就会拉着她去看。杨瑞捷却对电影没有太大兴趣，除了都市时尚电影。杨瑞捷在看电影时会目不转睛地盯着电影中各个角色的服饰，因为她是学服装设计的。

有时候，赵阳坐在沙发上抱着电脑看电影，她就靠着赵阳翻时尚杂志，或者拿着速写本画样张。

有一期杂志用“水果代表不同的女人”做了一个时尚专题。

杨瑞捷在速写本上画了几张，粉红色上衣配红色裤子的是樱桃，绿白搭配工作套装的是苹果，背带裤加T恤是水蜜桃，紫色长裙是葡萄。

杨瑞捷画着画着，突发奇想用铅笔捅了一下看电影看得正认真的赵阳，说：“哎，问你一个问题呗。”

赵阳按了暂停键看着她，认真地点头说：“你问。”

她咬了咬铅笔头问：“你觉得我是什么？”

“什么？”赵阳一下子没反应过来。

“你觉得我是什么？用什么形容我合适？”她晃了晃手中的本子。

赵阳思考了一下，说：“一条船吧。”

“为什么是一条船？船多丑啊！”

赵阳摸摸她的头发笑道：“陪我一起看电影我就告诉你。”

杨瑞捷偏过头赌气不看，没劲。

杨瑞捷咬了咬嘴唇，把回忆收回来，看着坐在面前的这个赵阳，她告诉自己，又在同一个屋檐下，又坐在了同一张桌子上，但彼此的关系已经是咫尺天涯。

“还是很爱看电影吗？”杨瑞捷问。

“嗯。”赵阳点头，“反正也没有别的爱好。”

“所以，现在这个身材是闲出来的？”

赵阳笑了笑，拍了拍肚子：“很明显吗？”

“还好，四五个月还是有吧。”

“哈哈，都说中年发福，我这还没到中年呢，就开始发福了，挡都挡不住。我也做运动啊什么的，以前多瘦啊。”

“你以前也没有很瘦。”

“跟你比那肯定。”赵阳停了一下，打量了一下她，“你以前就挺瘦的，现在更瘦了。”

“是吧？以前跟你在一起那会儿，从来没想过要减肥，就觉得挺好的。可是单身了就不一样啊，我是为全世界单身男性而美的。再说了，我也不能好不容易买得起漂亮衣服了，自己却塞不进去吧，更何况我自己做的衣服越卖越贵。”

“你现在还做衣服吗？”

"嗯，做啊。我偶尔会突发奇想画几个版型交给他们做，我今天穿这件就是自己做的。"杨瑞捷挺胸抬背，理了理衣服的领子，问，"好看吗？"

赵阳点了点头："不错。"

她得意："那当然。"

"反正你能做自己喜欢的事，就挺好的。"赵阳说。

杨瑞捷刚到北京那会儿，做的是电话营销。

她投过不少服装设计的简历，但总是石沉大海，为了能在北京活下来，她就先做了电话营销。虽然底薪少，但是有提成。她每天坐在小小的格子间，拿起电话挨个筛选拨号的时候，真是绝望极了，不知道这样的日子什么时候才是尽头。

她大概能够明白那些含泪离开北京的人。

这座城市太残酷，它伤了太多人的心。

那一天，她实在是倒霉极了，打的第一通电话，对方就把她骂了个狗血淋头。她还得赔着笑说："不好意思女士，打扰您了。"而坏运气似乎会传染，这一天她打的电话里，能够安安心心地听她讲完开场白的人是寥寥无几。开会时主管点名批评了她，她是上个月业绩最差的人。大家纷纷转过头来看着她，她像是被人扒光了一样站在聚光灯下，觉得羞耻像血液一样流遍了全身，然后延伸到每一根头发。

下班的路上，她打开微博想发一条抱怨的微博，看到朋友在海岛的照片，她问："在海南吗？"

朋友回："塞舌尔。"

她上网搜了一下，印度洋的一个群岛，没有冬天。北京飞那个地方的来回机票要三万多，相当于她一年的工资。她攥着手机，在人挤人的吵吵嚷嚷的公交车里，活动了一下已经站到酸痛不已的脚。

那天晚上回家之后，她跟赵阳说，她要辞职。

不久以后，她去公司打包了自己所有的东西，抱着箱子在路边等公交。

她辞职以后，每天把自己关在家里画样稿，还买回来一台缝纫机裁剪着各种布料。一家公司接着一家公司面试，跟服装无关的专业完全不考虑。她就这样，虽然看不到希望，但是仍拖着步子不停地走着。

然后就走到了现在。

和赵阳像老朋友一样聊了一会儿，氛围不错，她低头抬起手腕看了一下表，说："也说了这么多了，吃点什么吧。"



赵阳点头，招呼服务生拿菜单。

杨瑞捷翻着菜单的期间，赵阳的电话响了。她瞥了一眼，来电显示上的名字是"老婆"。

她假装若无其事地点单，却竖起耳朵听着赵阳的动静。赵阳声音温柔地说着："嗯，一会儿就回去，不用等我。我今天跟朋友在外面吃，那你给它好好洗个澡，要是你嫌麻烦的话就等我回来。"

赵阳挂了电话一笑，问："点好了吗？"

她翻着菜单："还没呢，女朋友的电话啊？"

"嗯。"赵阳点了点头，"问我回不回去吃晚饭。"

杨瑞捷的手不知不觉捏成了一个拳头，指甲深深地陷进掌心的肉里，却一点儿都感觉不到疼。她看着菜单都没有抬头："我都不知道你有女朋友了。"

赵阳说："朋友介绍认识的，准备年底结婚了。"

"那是给谁洗个澡啊？未婚先孕？"杨瑞捷努力装出戏谑的样

子笑道。

赵阳抓了抓头："没，我们养了一条狗，最近老掉毛。而且它可皮了，每天牵它出去遛都搞一身泥。"

杨瑞捷的心像是开了一个大洞，"呼呼"的风灌了进来，几乎都要把心脏冻得裂开了。

她上次感觉心脏都空了的时候，是四年前。

她从公司辞职以后，和赵阳的话越来越少，争吵却越来越多。

生活的矛盾压得两个人喘不过气，她通常画样稿画到半夜，然后匆匆洗漱倒头就睡。赵阳下班回家，偶尔给她做点儿吃的，想跟她讲话，她却一言不发地忙着自己的事情，他也就只好悻悻地去睡觉了。

她实在太累，累到连开口讲话的力气都没有，但是又见缝插针地找理由和赵阳吵架。比如样稿被弄皱了，比如碗没洗干净，比如屋顶又漏水了，她都能喋喋不休地找赵阳吵上半个小时。又一次争吵的时候，她歇斯底里地吼着赵阳，然后回到桌子旁边边抹泪边画。

过了几天，有一天早上醒来的时候，赵阳已经走了。屋子里空空荡荡的只剩下她和她的一堆画稿，像是他从来没有在这里生活过。

杨瑞捷没有走。她人生中第一次明白了什么叫家徒四壁，住地下室的时候她都没有想到这个词，而现在她觉得她就是。

把自己关了几天之后，她找到了一份工作，却发现银行卡里只剩下一百多块钱，她不敢给父母打电话。怕浪费，她连粥都不自己开火熬。每天买两个包子，上午吃一个，下午吃一个，饿的时候就大口大口地喝水。上班都提前一个多小时起床走路，却还是花光了取出来的一百块钱。她在银行排了一个多小时的队，在一堆取几十万元的人中间，把银行卡给工作人员，说："把里面的33块钱全部取出来。”

说完这句，她转过眼睛不敢看工作人员，仿佛对方不管是什么表情，都是对她的嘲笑。

她拿到那33块钱，咬咬牙还是没有买一碗面，只是咽咽口水去旁边买了一个馒头，一进楼梯口就开始狼吞虎咽。

晚上听到窸窸窣窣的声音，刚刚躺到床上的她突然惊醒了。打开灯，看见是一只老鼠从房间这头窜到那头，吓得她直喊“赵阳”，喊了一声后她突然想起来赵阳已经走了。她坐在床上大口喘着粗气，却不敢挪动半步。那个时候的她，就像是心被打了一个洞，所有的风霜雨雪，都呼啦啦地灌了进来。

她抬起头，看着满脸幸福的赵阳，说：“如果咱们俩没分手的话，现在也该结婚了吧。”

赵阳抿了抿嘴说：“都分手了，就别说这些了，你不是过得挺好的吗？”

她把拿着的杯子重重地一放：“对，赵阳，我过得好，我过得真的挺好的。北京哪儿有好吃的，哪个酒吧好玩，我都知道。我每次一回家所有亲戚的重点都在我身上，我在公司摆个脸色下属连话都不敢说一句。我从在北京人生地不熟到有了一堆朋友，你说好不好？但是，赵阳我告诉你，我好跟你没有半毛钱关系。你自己想想你为我做过什么？你除了把我骗到北京，再把我一个人丢在北京，你为我做过什么？你一走了之，你轻松了，你解脱了，你万事大吉了。那我呢，我死在北京你都不知道吧？”

赵阳刚刚开口说了一个“我”字，杨瑞捷便伸手打断他的话。

“你不用说什么对不起。我也不是什么高尚的人，我今儿之所以跟你见这一面，为的就是炫耀，为的就是嘲笑。你没我厉害，你没我混得好，你丢下的就是这么厉害的人。我现在事业蒸蒸日上，而你原地踏步，这就是我今天来的目的。我目的达到了，看你把自己的日子过得跟个中年男人似的我就放心了。我之前对你念念不忘过，你知道为什么吗？因为不甘心，我就是不想让你过得心安理得，我就是想要你一直后悔，一直觉得抱歉。这，就是我来的原因，明白了吗？我想过得好，但是不想你过得好。”

赵阳沉默了许久之后开口说：“我后悔过。”

“什么时候？”

“想起你的每一个时候。”

杨瑞捷埋下头，用手撑住额头，抬头笑道：“是吗？可是我一点儿都没后悔过。我唯一后悔的是，为什么没早点跟你分手！”

她轻笑了一下，又像是在笑自己：“对了，你结婚时记得请我，我来随个份子。份子钱记得给你老婆买一份像样的礼物，别委屈了人家，不是所有人都像我。”

“你真的觉得我没有送过你像样的礼物吗？”

她偏头反问道：“难道有吗？”

“那一年微博刚刚流行，你天天在微博上转发抽奖。还抱怨自己运气差，说‘好运气永远不会落在你身上’，对吧？后来，你还真抽中了一部手机，是吧？”

“对啊。”杨瑞捷点头，“我觉得那是我运气的开端。但是，这个关你什么事儿啊？”

“那个手机，是我买给你的！不信的话，你可以问问那个官博。抽奖的人那么多，私信他说假装抽中你，礼物我自己寄。我真的尽力了，那个时候我真的很想对你好，很想跟你在一起。”

杨瑞捷愣住了。

她愣了一会儿，什么话都没有说，提着包包就走了出来。她走的每一步都像是踩在云朵上，下一秒就像要踩空了倒下去。而她没倒，她走到了门外，看到灯光下的赵阳低着头，没有追出来的意思。她在路边拦了一辆出租车坐上去，然后在出租车上号啕大哭。

为了见他，她去了一个月的美容院，她还为自己设计了一条漂亮得不得了的裙子。为了不破坏妆容，她连饭都不敢吃。她都想好了要说什么话，要做什么表情。

她穿好盔甲备好战衣磨好刀剑，准备打一个漂亮的仗，而唯一的对手却已经归居田园东篱南山。她的那一剑刺在了空气里，自己也被带了一个踉跄。



她心里那个漏风的洞，也在四年之后才流下的眼泪里，被另一样东西塞满。

杨瑞捷回到北京，删除了赵阳所有的联系方式，回到了之前风生水起的生活。那个见前男友的狼狈夜晚，也再也没有跟人提起。

她对赵阳再也没有了一丝念想。

太阳落下去，在太阳升起来之前，有些事情就能被永远地改变。

她偶尔也看电影了，和朋友窝在沙发上吃着水果和薯片，抱怨着最近体重的浮动。笑着闹着，然后她突然就安静了，笑容也僵在了脸上，再接着，她轻轻地笑了起来。

她看到了一个似曾相识的电影。

那个电影里，有个小孩儿讲了一个笑话：

有一个人溺水快要淹死了，他就祈求上帝来救他。这个时候来了一艘船要救他，他说："我不走，我要等上帝来救我。"然后他继续祷告，又来了一条船。他依旧不上船，他说："我要等上帝来救我。"后来这个人死了，他上了天堂很生气地质问上帝："你为什么不来救我？”上帝说：“蠢货，我不是派了船去吗？”

“哎，你觉得我是什么？”

“一条船吧。”

“为什么是船啊？船多丑啊！”

因为，生命如同渡过汪洋大海，而你是上帝派来拯救我的那一艘船。

# 一无所有

chapter 08

一无所有

饭桌上，我倒了一杯酒对着我舅舅，准备说一些祝福的话。

说时迟那时快，一个诡异的声音在我要开口的时候响了起来。

“你的泪光，柔弱中带伤，我离开你太久了，母亲。哦，不，惨白的月弯弯，钩住过往。”

大家面面相觑之后把目光投向了我，我赶紧放下酒杯从口袋里拿出电话接听。忍着破口大骂的冲动，看着忍俊不禁的家人，我从椅子上起来走进房间关上房门开始怒吼：“你神经病啊，你知不知道这是什么场合啊？什么时候给我的手机改的铃声啊？”

“哈哈，惊喜吧，好听吧？我把你们每个人的来电铃声都改了，当然只改了我的号码，这样就独一无二地珍贵了。”

“珍贵个屁啊，你唱的都是些什么玩意儿啊？”

“哦，那个是前两天看了一个段子，就被洗脑了。反正即兴录的嘛。”

“赶紧说，打电话找我什么事儿……”

打电话的是我哥们儿，叫王小鸭。

王小鸭本身不叫王小鸭，之所以顶着这个外号多年是因为他的嗓音。

据王小鸭自己说，小时候他的声音字正腔圆、爽朗温润、清脆纯净，如同黄莺出谷，随便哼几句歌都能引得周围人驻足细听。他乖乖巧巧地穿着背带裤在长辈面前唱：“小燕子，穿花衣，年年春天来这里……”唱完之后，总能得到一片叫好声和糖果之类的。于是，年幼的王小鸭这个时候就树立了远大的梦想——成为一个歌手。

后来王小鸭就迎来了残忍的变声期，声音变成了沙哑的公鸭嗓，结果就再也没变回去。

但是，后来红了阿杜和杨坤这群人之后，王小鸭依旧对自己特别有信心。他形容自己的嗓音是低沉、迷人而富有磁性。

王小鸭顶着一副这样的嗓子还喜欢唱歌就已经令人发指了。

丧心病狂的是，他居然喜欢唱摇滚。

更丧尽天良的是，他需要一堆听众。

初中的时候，他每天听着 Beyond、Green Day、崔健、郑钧，顶着老师的压力视死如归地不剪快遮住眼睛的刘海儿，还潇洒地把刘海儿吹来吹去，想象着自己已经是一个迷倒万千少女的大明星。

他以上过班级的联欢晚会为荣，逢人必拿出来说一说，在我们都听烦的时候，他开始酝酿更大的舞台了。这个舞台指的是学校的联欢晚会。

而学校的联欢晚会要求就高得多，需要经过层层筛选，王小鸭在海选的时候就惨遭落马。

眼看着班上的其他同学，许多都趁着晚自习参加排练，他的心像一只猴子一样上蹿下跳。

王小鸭虽然唱歌难听，但是却是一个乐于想办法的人。

他找到班主任，以会努力学习考进班上前十名为保证，让班主任把他介绍给了负责晚会的音乐老师。在他的软磨硬泡下，音乐老师实在也烦了，便把王小鸭塞进合唱队，并且承诺把他放在第一排。

到了联欢晚会那一天，王小鸭剪去了油腻腻的刘海儿，穿上了一身干净的白衬衫，把眉毛画得又粗又壮，看起来挺人模人样的。

他站的位置正好靠近话筒，队形男左女右，中间站着一个指挥，合唱的曲目是《十送红军》。

指挥右手一挥，女生就唱起来了："一送（里格）红军，（介支个）下了山，秋雨（里格）细雨，（介支个）缠绵绵。山上（里格）野鹿，声声哀号叫。树树（里格）梧桐，叶呀叶落光……"

轮到男生唱的时候，和女生轻声细语的声音不同，又是另一番味道："三送（里格）红军，（介支个）到拿山。山上（里格）苞谷，（介支个）金灿灿，苞谷种子（介支个）红军种，苞谷棒棒，咱们穷人搬。轻轻拉着红军手，红军啊，撒下的种子（介支个）红了天。"

过渡的音乐声响起的时候，王小鸭还没跟上，拖了拍子，于是所有人都唱完了，王小鸭的声音非常清晰地从话筒里传了出来——"红了天"。

整个晚会现场迎来了最寂静的时刻，所有人都安静了下来，只有王小鸭的声音随着话筒的余音一颤一颤，越飘越远。

红……了……天。

紧接着两千多人哄堂大笑，这是我活了这么多年看到过的最壮观的场面。

正应了他唱的那句，王小鸭在学校红了。

他后来跟高中和大学同学吹嘘的是，他上过的大舞台有几千人观看，尽管是合唱，但是他脱颖而出，一唱成名，受万人追捧。

王小鸭就这么混到了高中。

本着对唱歌的热情，王小鸭觉得这么一直找不着调不是一件好事，他要追求专业的训练。于是在高中的时候，他就学了音乐。每天放学的时候，不管周围有没有人他都要吼上一嗓子，并且誓死要考入中央音乐学院。

在中央音乐学院考试的那天，他才开口唱了一句，面试的老师就挥手打断了他："好了，可以了。"

他一愣："可是我还没唱完。"

老师点点头："是，但是可以了。谢谢你，同学。"

他最终落榜了这个眼巴巴指望了三年的学校，而去了一所普通的音乐学院，专业是作曲。

他一把鼻涕一把泪地跟我说："我这么努力，他们为什么不听我唱完？"

我回答："那就真的是因为他们觉得唱得难听吧。"

"那你公平、公正、公开地评价一下我的歌声。"

"你知道五音不全这个词吗？"

"我知道啊。但是我的音乐老师说，'真正五音不全的人特别少，是一千个人才有一个的'。"

我点点头，拍了拍他的肩膀就走了。

他擦干眼泪，不屈不挠地发誓一定要唱好歌。

大学的时候，利用专业的便利，很多音乐学院的学生去酒吧驻唱、演出或者当家教。而王小鸭却一份工作都没找到，因为没有一个酒吧愿意要他。

他就拿着吉他摆好架势在天桥上唱。他唱歌的时候从天桥上过马路的人都变得少了，为了不受他歌声的摧残，大家宁愿绕路走斑马线。但据他说收入还不错，一天能赚个几十块甚至上百块。

就算这是一份所谓的自由职业，但是王小鸭每个周末八点准时上班，除了大雨天，从不间断。

我问：“有谁给你规定上班时间了吗？”

他理直气壮地回答：“良心规定的！不能让想听到我歌声的人们久等失望！”

冬天来了，他往天桥上一坐，就暗自倒抽一口气，好冷。手冻得弹吉他都弹不利索，哆哆嗦嗦的，一开口就更难听了。

他也觉得这么下去不是办法，想要长长久久不受干扰地唱下去，必须得自己开个酒吧。

开酒吧需要钱，王小鸭一个穷学生，哪能一下子拿出那么多钱？他就发挥了愚公移山的精神，我赚不够我儿子可以赚，我儿子赚不够我还有孙子呢。在他连个女朋友都没有的前提下，肯定没有儿子可以指望，他就开始自己捣鼓研究赚钱的途径，甚至让我跟我的医生朋友打听，捐精子是否真的有钱可以拿。

按照一般励志电影和电视剧的走向，王小鸭在吃过许多苦之后终于赚了很多钱，出任 CEO，迎娶白富美。

然而这是生活，他在做过洗碗工、淘宝代理、校园推销等工作以后，依旧囊中羞涩，赚到的钱对于开酒吧来说，九牛一毛都不够。

他的父母心软了，答应借钱给王小鸭开酒吧。但是条件是每年酒吧收入的百分之三十都要交给他们，并且酒吧只能赚不能赔，因为这是给王小鸭娶媳妇儿用的钱。王小鸭一想，反正还没有媳妇儿，就爽快地答应了。

他把城市大大小小的酒吧都参观了一遍，仔细跟设计师讨论酒吧装修的细节。他穿着布偶装在街上跳舞，引来一批人照相然后趁机发传单，甚至自学了经济学和工商管理。虽然刚刚开业的时候，几乎所有的员工都是我们这些朋友充的数。

他虽然不要脸，但是凡事都事无巨细、亲力亲为才放心，跟我商量台子上放什么花比较好，音响怎么摆效果最好，买多少张椎纸准备给想跟他合影的粉丝比较合适，等等。

不管前期有多折腾，他还是欢天喜地地把酒吧装修好了。

某天凌晨3点的时候，他打电话给我，我非常不耐烦地接了："什么事？"

他说："就是酒吧还有两天就开业了，我有点激动，睡不着。"

"你大半夜打电话就为了这点儿破事儿啊？"

"不是的，我还有事儿想问你。你说我穿哪一件衣服最帅啊，后天可是我人生的大场合。"

我毫不留情地挂断了电话。

酒吧开业了。装修漂亮文艺，价格实惠公道。开业当天，由于之前的宣传活动，生意非常好，人爆满。

王小鸭看着涌动的人潮，异常激动，拿着吉他就上台了："接下来，我给大家唱一首《一无所有》。"

掌声、尖叫声、欢呼声、口哨声连成一片，然后大家都安静下来，激动得屏息听着前奏。

"我曾经问个不休，你何时跟我走。可你却总是笑我，一无所有。"

大家都皱起了眉头。

"我要给你我的追求，还有我的自由。可你却总是笑我，一无所有。"

大家开始捂耳朵了。

"噢……你何时跟我走。噢……你何时跟我走。"

有一半的人开始起身埋单了。

他看着纷纷站起来的人群，急了："噢……你这就跟我走。大家不要着急啊，后面还有更精彩的节目。跟我走。"

一首歌的时间内，酒吧空了。

吃一堑长一智。我们纷纷劝导他，要想酒吧不亏钱的话，就别唱了，免得把自己娶媳妇儿的钱都赔了。

他坚持说："可是我开酒吧就是为了唱歌啊。"

"唱歌酒吧就得关门，你就娶不起媳妇儿，流落街头无家可归，方便面都吃不起，捡别人剩下的矿泉水喝。"

他听着我描述事情的严重性，把眉毛撇成一个八字，可怜兮兮地问："我再问一次，我唱歌真的很难听吗？"

我思考了一下，说："其实也不能这么说。"

他忙不迭地点头："对吧，对吧。"

"嗯，就是听你唱完就再也不想听那首歌了。"

在我诚恳地说了我的意见以后，他依然不依不饶地不放弃，只是把唱歌的时间从营业时间挪到开门前。酒吧晚上七点开门，他就从中午一直唱到开门，本来就沙哑的嗓子就更哑了，但还不眠不休地自我陶醉得很。

某一天，真的就是在某一天。王小鸭回忆起来，说那是非常普通的一天，风和日丽万里无云。刚刚开门的时候，就有一个女生进来，找了个靠窗的位置坐下，而王小鸭的歌正放到间奏。他就当着这个女生的面，觍着脸唱完了《安妮》，女生一个劲儿地给他掌声。

王小鸭人生里得到的掌声太少了，更何况是美女的掌声。

他被这掌声冲昏了头脑，就要了美女的手机号码。

于是，在他恬不知耻的追求下，这个肤白貌美腿长的女生成了他的女朋友。

我问他女朋友："你是怎么看上王小鸭的？"

她回答："一时间的脑残。"

"那你当时为什么鼓掌啊？"

"谁他妈鼓掌了，我在拍桌子。意思是他别唱了，好吵。"

我转过头问王小鸭："作为一名拖社会主义后腿的男青年，你是怎么奋起直追追到她的？"

王小鸭回答："她应该是被我的英俊潇洒打动了。"

我强调："说人话。"

"哦，应该是被我坚持不懈和真爱至上的精神打动了吧。"

"你做什么了？"

"我抱着吉他在她楼下唱了一个多月的歌，风雨无阻，每天——"

我打断他："噢，那我懂了，一定是为了阻止你继续唱才答应你的。"

他恍然大悟："原来如此啊，男生果然应该学唱歌。"

不管怎么说，王小鸭恋爱了。

他充满柔情蜜意地说："曾经唱歌是他生命里第一重要的事情，而现在他生命中第一重要的是他女朋友了。"

所以，女朋友让他闭嘴不唱他就乖乖地闭嘴不唱了。

女朋友说摇滚太吵，他就重新编曲。好在他本身是音乐系的，作词作曲难不倒他。

后来去酒吧坐的时候，就看见下午的酒吧阳光正好，王小鸭在台上唱："一生只爱一个人，一世只怀一种愁……"几个朋友都在玩牌，而他女朋友坐在靠窗的位置，枕着自己的胳膊看着王小鸭唱歌，两个人对视一眼，同时温柔地一笑。

王小鸭不唱摇滚以后居然能听出调了，虽然依旧难听。

他觉得自己找到了一条新的出路，鼓动我们几个朋友参加酒吧议会，提出了想要在酒吧营业时间唱歌这一法案。在他的再三贿赂下，我们勉强让步，同意一天可以唱一首，后来变成了两首。

他屁颠儿屁颠儿地把自己的照片做成宣传海报，贴在酒吧门口，上面写着——重磅级歌手，浓情献唱！并附上自己抱着吉他四十五度仰望天空的忧伤照片。

慢慢开始有人说："虽然老板唱歌难听，但是送的水果多啊。"

也有人说："虽然老板唱歌难听，但是那地儿很适合拍照发微博啊。"

还有人说："虽然老板唱歌难听，但是老板娘长得好看啊。"



王小鸭在电话那头不说话。

我急了，偷偷往饭厅的方向看了一眼，说："你找我什么事儿，你说啊！"

他说："哎呀呀，我就想问一下，你在家里玩得开心吗？年终奖多少呀？男朋友带回家了吗？噢噢，我呀，今年酒吧赚了一些，我要带我的女朋友去马来西亚玩，有一个岛，叫卡帕莱，可漂亮了。但是，我目前有一个特别大的难题。"

我仿佛抓住了一根救命稻草："快说，是什么！说出来让我高兴一下！"

他说："你知道的，行李箱本身就不大，我的吉他托运的话会不会不安全？但是我总觉得，在那么美的阳光、沙滩、星空、海水下，没有我动人的歌声不完美。"

然后，我愤怒地挂断了电话。

为了泄愤，我写下了王小鸭的故事。

他唱歌依旧难听，参加任何选秀都会在海选时被淘汰，酒吧想打烊的时候只需要他上去唱两句。

他看似不要脸，但是他是一个让我嫉妒的人。我嫉妒他强大到已经不需要别人的赞同了，我嫉妒他美好看似再远他都有伸手去摘去要的勇气，我更嫉妒他永远都知道自己要什么。

在写下他的事之后我打电话给他，我说："我写了你的故事。"

他问："是写我英俊潇洒、玉树临风，迷倒万千少女，被无数星探发掘，拒绝了章子怡和汤唯的故事吗？"

我咆哮："这种谎让老子怎么撒！"

"哦，那你写了什么？"

"写了你一直执着于唱歌，但是一直唱得难听的故事，俗称不要脸。"

"我说了多少回了，我唱得不难听！那是你没有欣赏水平！"

"但是，很多人把焦点放在了你爸妈借钱给你开酒吧这事儿上。"

"无所谓啦，反正他们借不借给我钱我都要开，反正开不开酒吧我都要唱歌，就是喜欢。对了，你写我的故事有没有放照片？"

"没有。"

他歇斯底里道："你干吗不放老子的照片！老子难得有机会露一把脸，你居然不放我的照片！是不是哥们儿，你是不是阻止我红？"

"我怕电脑中毒。"

他沉默了几秒："说得也对。对了，明天就是情人节了，我准备在酒吧办个情人节专场活动，情侣可以通过热吻十秒钟免费参加抽奖，奖品好丰盛的。你有男朋友要带来参加的吗？话说好像每一年情人节你都单着哈——"

我再一次愤怒地挂断了电话。

chapter 09

# 姐姐

姐姐

我有个姐姐，是姑姑的女儿。让我特别羡慕的是，她住在城里。我小时候嘴里的“城里”其实就是一个小县城。

姑姑包车回来看爷爷奶奶，家里人都很开心。奶奶让我去鸡圈逮一只母鸡炖给他们吃，我撇着嘴抱着我喂了一年的母鸡，哭得稀里哗啦地说：“你好可怜，他们居然要吃你的肉。”这件事至今是大人们聚会时的笑料。

我第一次进城的时候见到了姐姐，我不记得那年我几岁。坐了三个小时的车，我晕车晕得天昏地暗，觉得就要死在路上的时候，司机说：“到了。”我站在马路上感叹这个城市的车水马龙与灯红酒绿，觉得像到了另外一个世界。“哇，好平的路！哇，好大的车！哇，好高的楼！哇，好多的房子！哇，好多的人啊！”我哇着哇着就在路边扶着一棵树吐了。

我新奇地爬着楼梯，到了姐姐家住的楼层。第一次看到装修这么好的房子，我又开始了：“哇，好白的墙！哇，好大的电视！哇，好漂亮的门帘！”然后，姐姐就撩开帘子从她的房间走了出来。



她说：“你要喝点什么？我去冰箱给你拿。喝牛奶还是果汁？

喝果汁吧，牛奶你可能喝不惯。”

我赌气似的说：“我要喝牛奶。”

以后的几年时间里，我就碰都没有碰过牛奶了。

我那个时候觉得，她就是我心里 Bling Bling 闪着光的存在。我羡慕她的花裙子，羡慕她一个人拥有一个房间，羡慕她有一盏小小的台灯，羡慕她有许多洋娃娃，羡慕她永远整洁的发型，羡慕她有一辆自行车，羡慕她有一沓旧照片，羡慕她的一切。

而我，永远是脏兮兮的衣服和鞋子，满是灰尘的脸，乱蓬蓬的头发，永远洗不干净的小手，和男孩子一样三天不打上房揭瓦的性格。光是站在镜子面前一看，就够让人垂头丧气的了。

我想变成她。

姐姐送了我一本书，叫作《巴山小学生作文精选》。书的标题是冰心题词的，没有硬壳，黄色的纸张，标价 6.8 元，有 276 页，一共 243 篇文章，我在农村只有这么一本书。由于太无聊，我放牛的时候看，下课的时候看，睡午觉醒来看，在树上玩儿的时候也看，于是我把里面的每一篇文章都背了下来。整个小学生涯，老师念的作文范文全是我一个人的。

在别的小朋友写今天爸爸带我玩儿的时候，我已经会写扶老奶奶过马路了。我还有一个例句，被班上的同学借鉴了无数次。这个句子是这样写的：我举着那支钢笔，仿佛觉得今天的天是为我而蓝，水是为我而绿，小鸟是为了我而歌唱。

小学读到一半的时候，我转学到了城里，爸爸说：“你现在已经是个小大人了，你要好好学习，要像姐姐一样学习成绩好，给父母争光。”

由于爸爸的工作地点离学校很远，所以我就借住在大伯家。大伯家有一个大大的花园，比姐姐家的还要豪华宽敞，可我还是不开心。因为我很想跟姐姐一起住，看着闪光的她。好在两家距离很近，姐姐经常过来玩儿。

我时刻铭记着爸爸的教诲，我是农村来的孩子，我要努力要刻苦，所以我考了很多个第一。

我姐姐说，我考第一的时候她可讨厌我了，因为她上了中学之后就很少考第一了。大家围着我夸的时候，她就不喜欢我。

我特别喜欢城市的一点就是，它居然有一个那么大的新华书店，里面各种各样的书都有。于是，我经常在周末装着一块钱出门，在书店里面待上一天，有时候觉得腿都要断了。

这个时候我更羡慕姐姐，因为姐姐有一整个书架的书。

我只有一本书，就是姐姐送我的那本。后来书被同学撕破了，我哭着回了家。姐姐第二天就带着一群朋友堵在教室门口，说要找我那个同学谈一谈。还没等开口，那个同学见到这样的阵势，就“哇”的一声哭出来了。后来，这个同学变成了我至今的好朋友。

小学快毕业的那年全市统考，我考了全市第一。学校开大会颁奖给我，我站在台上看着下面黑压压的一片，默念着姐姐教给我的咒语，“都是萝卜，都是萝卜”。

那天，她还在路边花钱给我拍了一张照片。

我穿着花裙子捏着奖状笑得很灿烂。

可是，姐姐一站过来跟我合影，我就立马变成了别扭的土包子。

姐姐是很好看的女生，穿的衣服也好看，辫子从来都梳得端端正正的。很多男生给她的书桌里塞情书和吃的。

情书由我来读，奖励是吃的归我。

我攒了很多的糖果和巧克力，却一直不舍得吃。

后来就过期了，只能不舍地扔掉。

姐姐说："东西就要在合适的时候吃，不要害怕吃完这一块就没有下一块了。"

我模仿姐姐的时候很多。

她的口头禅，她说话的语气，她喜欢吃的菜，她的发型，甚至她睡觉的姿势。

我依旧想变成她。

我爸妈搬到城里，一家人团聚了。可惜好景不长，不久家里出了变故，我变得异常沉默和内向。姐姐也搬到离家八个小时车程的一个城市念私立贵族学校。

我收到过一封来自她的信，整整三页，大概有两千多字。我不大记得内容了，只是记得她写了很多句循循善诱的"你说对不对呢"。

我那时正处于叛逆期，有时候有点不喜欢她，觉得她总是摆出一副高高在上教训人的样子。

姐姐高中毕业的时候考上了一个普通的三本院校。

她趁着父母出门的时候把男朋友叫到家里来，说是选志愿，但是父母回来的时候她反锁着门不开，后来遭到了父亲的一顿暴打。据说那是姐姐出生以来挨得最重的一次打。

那个男生头发挺长的，染成了黄色，跳街舞，穿吊裆裤。姐姐说那个时候看着觉得很帅，但现在想起来就一身鸡皮疙瘩，忍不住想要甩他两个耳光替他把头发收拾一下。

姐姐办学宴的时候穿了一条黑色的修身裙子，长到膝盖，胸前别着一个水晶别针。

去洗手间洗手的时候，两个服务生在我旁边感叹，有一个说："她真像一朵刚刚盛开的黑色玫瑰。"

我没见过黑色玫瑰，还特意百度了一下，才知道原来这个颜色的玫瑰是不存在的。

姑姑和姑父离婚了。

离婚的时候，姑父已经有了一个三岁大的私生子。

后来我见过那个孩子的照片。在姐姐家里玩儿，她在上网，我在旁边。她点开姑父的空间，把相册翻出来一一输入答案，点开了一个小孩子的相册，翻了几张，姐姐就把页面关掉了，面无表情。

姐姐换了好几任男朋友，每一任都很好。

我都快高中毕业了，我喜欢的人却还不喜欢我。

姐姐肆无忌惮地谈着恋爱，每一任男朋友都带回家吃过饭，被整个家族无限宽容并且评价比较着。

而我只要提到恋爱这个字眼儿，家里人就吹胡子瞪眼仿佛下一秒就要把我吃掉。

想到再不早恋都没机会早恋了，我就很着急和焦躁。

我终于还是早恋了。

对象是一个长得还算端正的理科生，我们平平淡淡地连手都没有牵过地度过了两个月。

老师把我叫到办公室,严肃地批评了我的早恋行为并勒令我停止。

那天下着雨，我找了一个公共电话给他打电话，我说：“老师叫我们分手。我们分手吧。”

他说：“好吧。”

我的第一段恋情就这么夭折了。

姐姐说：“没关系，这样的男人不要也罢，连老师都能成为分手的原因的话，那说明不够喜欢。”

高三的时候，我爱上了一个让我义无反顾地坚定他就是我唯一对的人。

初吻发生在湖边。我因太紧张而忘了闭眼睛，只听见“怦怦”的马上要蹦出来的那颗心的跳动声。

跟姐姐说起这件事，她说：“我不是教过你嘛，你下次闭上眼睛，再娇羞一点儿。”

那一年，我为了那个男生放弃了自己原来的专业，全家都反对。

只有姐姐一个人说：“这是你自己的人生，如果你觉得这样是值得的，那你就去做。不要让别人替你做的选择成为你以后后悔的原因。”

姐姐后来交了一个男朋友，是被家里人公认的合适结婚对象。男生高、瘦，长得温文尔雅，家境也很好。

一年以后，姐姐和他分手了。原因是他从小过的好日子太多，所以不知道奋斗，也不知道怎么关心人。

姐姐说，她交过的每一个男朋友，都很用心，都是抱着要一起过日子的想法去的。但是不爱了，一觉起来就能忘了。反正这世界上好男人多得是，不怕碰不到。

姐姐在驾校学习的时候，被后排的男生追，后来姐姐答应了。

这个男生，哦，不对，这个男人，比姐姐大将近十岁。川大毕业，家境贫寒，父亲早逝，工作了十年存款只有十三万元。

我们并不知道，这个男人是不是姐姐盼望的那种好男人，但是他并不是家里人满意的对象。他有一个观念跟姐姐不是很合的妈妈，家境各方面都不如姐姐，所以家里人都觉得，姐姐不会跟他在一起太久。

姐姐毕业以后，就和这个男人去了郊区创业。租了房子，把一家火锅店盘下来改成了自助餐厅。两个人骑着电动车去菜市场买菜，招待客人，还充当服务生。下午客人都走了以后，他们就坐在门口，靠在椅子上睡半个小时。

周围的店家说，他们同甘共苦又平淡的样子，根本就不像是恋爱不久的恋人，完全像是一对夫妻。

姐姐原本是那种吃一次火锅要洗三回澡，还抱怨身上的味道去不掉的人，却在这个火锅店里日复一日地度过了自己珍贵的青春时光。她做着以前在家里的时候从来没做过的那些活儿，每天只睡五个小时，直到店里的生意变得好起来，员工一天比一天多起来。

面对家里的劝阻和反对，姐姐的态度异常坚决。她说："他是穷，但是他从来都不酸，穷和酸是两回事，只要没有因为穷变得扭曲就行了。管他有没有钱，我们相亲相爱、互相照顾、互相体谅比什么都强。别跟我说什么贫贱夫妻百事哀，钱可以慢慢赚，但是感情不行。喜欢就是喜欢，不喜欢就是不喜欢。"

一年多以后，姐姐和这个男人结婚了。

婚礼是在一个五星级酒店举行的。

地上铺满了花瓣，她穿着婚纱一一走过它们。

我想，这朵玫瑰，现在才开得正好啊。

姐夫说："我真没想到我能娶到你姐。我当初就想厚着脸皮追一下，但是我真的不敢奢望我能娶到她。"

说这话的时候姐姐正大着肚子，在涂睫毛膏，冲我们这边微微一笑。

他说："要不是跟你姐在一起，我现在还只有十几万元的存款，补贴家用，孤身一人，估计以后也就这样了。"

他们在火锅店生意最好的时候把它盘出去了，然后开了一家房地产公司。

他们在成都买了一套很大的房子，车子也换了一辆又一辆，从十三万元到现在，他们花的时间少得让人惊叹。

姐夫说："哪有什么奇迹，奇迹还不就是你姐。"

姐姐说他们之间没有什么浪漫的事。姐夫为人忠厚老实，也不懂什么浪漫。关键是那个时候太忙了，两个人在一起之后的第一个情人节，晚上躺在床上算完白天店里的账，看到日期才猛然想起是情人节。姐夫说："情人节快乐。"姐姐回道："情人节快乐。"

姐夫表达爱的方式就是，把所有的房子和车子都写在姐姐的名下。每回出差都会到机场的店里给姐姐买奢侈品，但是他看不出那些东西有什么区别，所以相同的包就买了好几个。

姐姐带我去逛街，一张卡从一楼刷到五楼。

她说："我刚刚和他在一起的时候，我刚刚毕业不跟家里要钱。他也穷，我们去逛超市的时候，就只买打折的东西，推来推去只想给对方买更好的，说自己不需要，连买一支牙刷都要讲价。我从来没那么窘迫过。我一点儿都不怀念那种窘迫，就是偶尔想起来的时候觉得苦，但当时并不觉得苦。"

她结婚后生了一个儿子。

她带着儿子和她妈妈上街买菜，身材凹凸有致，肚子也已经瘦了下来，穿着修身的裙子，化着妆，卖菜小哥的眼睛都看直了。

她依旧爱漂亮。衣帽间塞得满满的，睫毛刷得根根分明，鞋子也是一尘不染。

她开车的时候穿着平底鞋，可是就算连把车停到路边超市买一瓶橄榄油，她都要花时间换上高跟鞋再下车。

她说："你还年轻，只管漂亮，然后再活得漂亮。选你认为该选的，不用听从别人的建议，他们又不对你的人生负责任。"

她今年只有 25 岁。

我觉得她一直都会这么漂亮，到了 65 岁依然是。

只是我已经不想再变成她了，我想活成我自己。

# 陆地上的美人鱼

chapter 10

陆 地 上 的 美 人 鱼

公司闹鬼了。

本来都回到家了，接了个电话说“客户对之前的预算不满意，今天必须重做”，我只好打起精神回公司。

加班到十一点多，我已经像被人在眼皮之间倒了强力黏合胶。面对着电脑打了一个哈欠，拍了拍脸拿过杯子，咖啡已经被喝得见底了。

我拉开抽屉又拿出了一包咖啡，撕开倒进杯子里，抹抹因为哈欠钻出来的泪花，站起身来去接水。走出工位才两步，就听到了一声女人的哭声。此刻的办公室很安静，我屏住呼吸环顾整个办公室，只有我的格子间亮着灯，再仔细听，除了我自己的呼吸声什么都没有。

我安慰自己听错了，可能是太累产生幻听了。我壮着胆子走到饮水机旁，开水在杯子里翻腾，饮水机也“咕噜咕噜”地响着。声音一停，我又听见了刚才那个哭声。

一声一声，断断续续、抽抽搭搭的哭声隐隐约约地传来，我打了一个激灵，握杯子的手都在打战，一步都不敢动。凉气从脊背上慢慢地窜向全身，看过的那些恐怖电影在脑子里一一浮现，我努力让自己镇定下来，以确定哭声的方向。

我放下杯子，打开了所有的灯，贴着墙慢慢地走到了一间办公室的门前。哭声是从这里传出来的。

我深呼吸了几次，打开手机的手电筒，快速打开门，借着灯光隐隐约约地看见一个长头发的女人蜷缩在角落。

我的手一抖，手机“啪”的一声摔到了地上，屋里又陷入了黑暗。

我颤抖着去摸手机，然后就听到了高跟鞋的声音，一声一声，离我越来越近。我紧张得心脏都快跳出来了，想跑却迈不开步子。

突然灯亮了。

一个女人居高临下地盯着我，问：“你在干吗？”

这个女人是曹若男——我的上司。

她是个典型的工作狂。

我大三的时候到公司上班，曹若男从没有迟到过，所有的例会都按时参加。她挺和善的，一般碰面都会点头微笑，开得起玩笑，也很少见她生气，跟同事的关系都很和谐，但是跟她的交情都不深。每天早上她都很早到，准时端着咖啡进她的办公室，整理好文件，开例会见客户，在下班时准时离开公司。从来没见她在公司加过班，但是工作总是井井有条、业绩明显。

她对产品的要求近乎苛刻。曾经有一次服装刚刚出厂，但是她发现衣服的里衬还有刺绣的时候留下的纸板，于是她不顾下属的反对和劝说，把这批服装全部撤了回来。通知全体员工加班，理由是这会影响客户的穿着感受。哪怕一千个人里只有一个人会因为纸板摩擦到皮肤感到不舒服，也不允许这样的情况发生。她卷起袖子和工人们一起撕掉衣服里衬的纸板。趴在办公桌上睡了两个小时之后，她去化了个妆把黑眼圈遮得严严实实地继续来开例会。

我曾经有一笔谈不下来的单子，对方见我年轻就拼命压低价格，我只好求助于她。她带着我去跟对方谈，巧舌如簧的她看着对方的脸色行事，最后以很好的价格拿到了那笔单子。但她丝毫没有提过这笔单子是自己的功劳，奖金也给了我。

原来以为在工作上这么游刃有余的她年龄应该不小了，直到看到一张公司的员工信息登记表，曹若男居然不到三十岁，比许多下属都年轻。

她就这么在公司里低调地发光发热而成为公司的一个传奇，被不少人崇拜着，就差供起来了，其中也包括我。

我是说，如果没有我看见今天这一幕的话。

我抬头看着曹若男，默默地摸起手机，关掉手电筒，说："曹总，你怎么在这里？"



"这是我的办公室，我为什么不能在这里？倒是你……"

"哦……那个对不起，不是，我听到哭声，所以有点害怕。"

"恐怖片看多了吧？"

"哦，对不起，曹总。我回去了。"

"你怎么在公司？我记得之前没人啊。"

"他们说那个预算客户不满意，要重做，所以我就回来了。"

"之前我看过的那个？"

"嗯，对。"

"拿给我看看。"

我将信将疑地走到电脑前，把文件递给她。

她"唰唰"地翻了两页，走了几步把我的咖啡放到我面前，从我背后用鼠标翻了一下表格问："这是第几次改预算了？"

"第三次。"

"不用重做。给他们第一次的预算，那个案子没问题，他们就是想压价格。他们给十万让我们做出一百万的效果没问题啊，但是给十万要做出一千万的效果就太牵强了。先这样吧，不行我来谈。我先走了。”

我点点头，对比着之前做的预算表。

她走到门口，问：“宵夜去吗？”

我答：“我减肥。曹总，您去吧。”

“辣椒鱼？”

“我真的减肥。”

“口味虾？”

“我真的……真的在减肥。”

“火锅加夜啤？”

我心一横：“好的，曹总，您等我一下。”

我迅速关掉电脑，收拾了一下东西，跟着曹若男出了门。

她点了一大桌子菜。第一道小龙虾上来，她戴上手套，剥了一只虾递给我，看着我吃下去，如沐春风地笑着问：“好吃吗？”

我幸福地点点头：“好吃！”

“好吃堵得住你的嘴吗？”

“嗯？什么？”

“我说，请你吃这顿宵夜仅仅是为了堵你的嘴，吃完了把嘴巴给我乖乖闭上，今天晚上的事儿跟谁都不准说。我不想被别人说成是楚楚可怜遭人抛弃的林黛玉，本身也就没多大点事儿，但是实在不想你们在背后又说我坏话。”

“曹总我们没说过您坏话。”我边剥螃蟹壳边说道。

“那你们都说我什么？”

“唔……”我抬起头想了想，“没别的什么，就是说您年轻有为、运筹帷幄、决胜千里，这么年轻就坐在总监的位置上，还有就是说，你前两天背的那个包挺贵的。”

“是不是还说我后边儿一定有人？”她笑着，眼神直勾勾地看向我。

我放下螃蟹，装傻往背后探了探头：“曹总您后边儿没人啊……”

她拍了一下我的头：“少装傻，别以为我不知道。”

我飞快地摇头：“真的，我没说过，我发誓我没说过这句。我就是有时候觉得你特别厉害，特别有本事，我没说过别的什么。”

“那你知道我为什么这么厉害吗？”

“背后有人？”

“有人，你妹啊。”她瞪了我一眼，“我就一普通家庭出生的，我刚进公司的时候，跟你一样，也是大三。其实也没什么捷径，我只是比较早熟悉游戏规则，你懂得游戏规则，这游戏自然就好玩儿得多，而且容易得高分。”

“那你为什么熟悉得那么早？”

“为什么啊？”她想了想，说道，“这就有点儿说来话长了。”

“那你长话短说，我还得回家睡觉呢。”

“什么？”

“没什么，我说曹总不急，您慢慢说，我有的是时间陪您。”

“大概是因为，爱上了一个人，所以不得不提前去熟悉。因为不这样的话，你就会被踢出局。”

大一的时候，曹若男还没有什么目标和追求，每天在宿舍刷刷人人网，看看美剧，参加学校的社团活动，一天比一天无所事事。

一个无所事事的午后，她提着一大袋从超市买回来的打发时间的零食回宿舍，在宿舍楼下遇见了一个人，她的人生就彻彻底底地改变了。

炎炎的午后学校里没什么人，那个人其实也没有多特别。那天一个男生焦急地站在楼下，看到曹若男过来时就像看到了一根救命稻草，咧嘴礼貌地一笑，问：“同学，你知道南门怎么走吗？”

曹若男这才看清他，内双，高鼻梁，一笑简直把人都暖化，比她足足高了一个头。曹若男盯着他，一两秒的时间竟忘了说话。这个笑容在这一刻确确实实击中了她的心，愣了一下她才摸了摸头，伸出手指道：“你从这里直走，看到前面那个路口的时候右转，再走一段你就会看到一条比较小的岔路，左拐，过个桥，然后就到了。”

男生似懂非懂地点了点头：“哦，好的，谢谢你。”接着又一笑。

因为这个笑，曹若男忽略掉了三十多摄氏度的高温和已经被汗水浸湿的后背，说：“那我带你去吧，正好顺路。”

“真的吗？那就麻烦你了。”男生非常绅士地伸出手，说，“我帮你提吧。”

曹若男把一袋东西交到男生手里，心花怒放地开始在大太阳下带着男生绕路，并且一刻不停地找话题，打听这个男生的个人信息。这个男生名叫童皓，是同城一所“211”大学的学生，比她高三届，马上就要毕业了，理科生，大学学的是金融，家在本地。最重要的是，这个男生是单身。

曹若男选了最远的那条路不说，还费尽心机绕圈子。在第二次路过图书馆的时候，童皓歪头看着图书馆，说：“不知道是不是我的错觉，我感觉好像刚刚路过了这里。”

她假装恍然大悟地一拍脑袋：“噢，我记错了，应该是这边，马上就到了。”

到了南门，男生把东西还给曹若男，点了点头当作道别，就转身要走。

曹若男有点失落，喊道："喂！"

童皓回头："嗯？"

"都不找我要个号码吗？"

童皓似乎还没反应过来。曹若男就掏出了手机："我把我号码给你，你也说一下你的号码。"

就这样，曹若男搞到了暖男童皓的号码。

要到了号码之后，曹若男的工作就是天气预报员：天气转凉记得多加衣服，预防中暑，预防流感，要下雨了记得带伞。但是童皓回给她的短信并不多，有时候一天回一条，有时候几天回一条，字数也不多，基本上都是简短的"谢谢"，以及"晚安"之类的。她都如获至宝一样的找本子把短信抄下来，那个本子还记录着关于童皓的其他内容，比如他喜欢哪个演员，他给哪部电影打了五星，他说哪本书不错，他喜欢吃什么，他有哪些习惯。她把这个本子放在床头，睡前翻一翻，再自顾自地笑，觉得心里的烟火就要"噼里啪啦"爆炸起来了。

她做了一段时间的天气预报员，而这段时间童皓已经从学校毕业，他工作了。有次办事来学校附近，两个人约了一起吃饭。

那天曹若男穿了新裙子，还做了个新发型，化妆化了两个小时。她坐在童皓面前，激动得不知道该聊些什么。童皓倒是很自然地引出话题，不至于冷场和尴尬。

聊到最近的状况，童皓说他现在正在家里的公司上班，压力有点儿大，所以最近晚上会经常踢球，回家再洗个澡就睡觉了。

曹若男这才知道童皓家境那么好。她愣了一下，说："好像偶像剧啊，在家里的公司上班，见过千山万水然后爱上了家里很穷但是特别有骨气的小妹，韩剧里都这个套路。哈哈。”

童皓摇了摇头，说：“我不会，我不喜欢这个类型的。”

“那你喜欢什么样的？”

童皓微微思考了一下，说：“我喜欢大方懂事、知书达理，比较独立的。而且双方的经济条件差太远问题很多，所以家里也希望我找一个经济实力不错，可以在工作上互相扶持的。两个人都有钱，再谈感情就会单纯得多，起码我是这么认为的。”

她没再说话，默默地一粒一粒夹着碗里的米。

吃完饭，童皓没有送她回学校，接了一个电话后说：“有点儿事情要处理。”曹若男点头说：“你快去吧，再见。”童皓钻进车里，说了声“再见”，就开车走了。车越开越远，消失在车流里，那个奥迪的标志，也在曹若男的眼里渐渐模糊。

她在这时候才明白，原来童皓的世界，她连入场券都没有。

当天晚上，她回到宿舍洗了个澡，制订了一个详细的提高计划。

和以往的三分钟热情不一样，这个计划表，一坚持就坚持到了毕业。

每天早上她都起得很早，背二十个单词，洗漱完跑步，跑完再吃早餐。上完课的其他时间泡在图书馆，晚上去练瑜伽，每天只上一个小时的网。

除此之外的时间，她辞去了学生会和社团所有的职务，把这些省下来的时间都琢磨着去赚钱。先是在宿舍楼下做了一个无人贩售零食摊，第一天下来，血本无归。接着替人跑腿儿，发传单，去便利店打工，她几乎把能做的兼职都做了个遍。累，并且赚得也不多。最后真正让她赚足生活费的是卖瓶内景观。把苔藓种到瓶子里，再打造微小的景观，费时费力但是收入还不错。

她兴高采烈地以为自己看到了希望，就欢天喜地地打电话给童皓说要请他吃饭。

童皓说现在正和朋友在一起，如果她不介意的话可以过去找他们。

她打车到了他说的地方，灯红酒绿，觥筹交错。童皓在一群人中间，他端着酒杯，认真地听着他们说话，见到她来笑着招呼她随便坐，又继续和那群人聊了起来。

一整个晚上，曹若男没有讲一句话，也没有喝一杯酒，他们讨论的东西她听不懂，他们的话题她也插不上话。童皓在那些人中间像是发着光，近在咫尺却又无法企及。

站在酒吧外面，童皓的脸色不大好，一只手拍着胸前想吐的样子。她犹豫了一下，还是走上前，一下一下地轻轻拍着童皓的背。

童皓挥了挥手，表示自己没关系。他问道："你会开车吗？"

曹若男摇了摇头。

童皓说："那没办法了，我喝酒了不能开车。这一带不好打车，走一段吧，去前面打。"

夜风吹来，她和童皓肩并肩走着，她看着他的侧脸，闻着他身上酒精和香水混合的味道，问道："我能赶上你吗？"

童皓问："什么？"

"从我第一次遇见你，就觉得你很厉害，很了不起。我努力的话，能赶上你吗？"

"不要妄自菲薄。"

"你走你的，我跑着来就行了。"

童皓眯着眼招手，车来了。

说到这里，曹若男把酒往我面前一推，说："我不喝，我一会儿要开车。"

她顿了顿又接着说："就是因为那一次以后，我才去考了驾驶证。想着以后如果他喝多了，就可以打电话给我，我就能去接他。"

"然后呢？"我追问道。

"什么然后？"

"你拿到入场券以后呢？"

她笑了一下："说你傻你还真就不辜负这个字啊。你以为我一个月赚两千多就能拿到入场券了啊？我那个月赚的钱，还不够那天晚上在酒吧埋单的时候他付的酒钱。就是这样，这个世界就是这样。有些人费尽全力才能生存下去，而有些人根本不用考虑这些问题，因为他们银行卡的数字后面有很多零，所以说投胎也是技术活。"

我捣蒜似的点头，摸了摸自己日渐消瘦的钱包，哭丧着脸，恨自己没有好好学习这门技术。

她继续说："在我们那儿流行抓周，我满周岁的时候抓周，在算盘、螺丝刀、字典、水彩笔、印章这些东西中间，抓了一把钱。所以也算后天努力了吧，哈哈。我从遇见他以后，最大的兴趣爱好就是赚钱。我真的没别的兴趣，什么旅游啊、音乐啊、画画啊，我一点儿兴趣都没有，我就是喜欢赚钱，我就是觉得看着卡里的数字噌噌地长才开心。我就特别鄙视那些自己不努力还埋怨老天爷不公平的人，一在现实中受挫就去旅游什么的寻求精神安慰，除了更穷之外什么都不会改变。那么穷还出去浪个屁啊，简直就是给社会添麻烦。"

我环顾四周，放低声音："别讲那么大声，小心被堵着揍一顿啊。"说到这个，我突然想起来了，"既然你那么喜欢赚钱，上次帮我谈的那笔单子，干吗把奖金给我？"

她摊开手，比出一个 OK 的手势，伸出三根手指："人对我来说，分三种，一种是对我来说有用的，另外一种是对我来说没用的。你勉强算在有用那一类，反正三千块的奖金我拿到手也不过就买两件衣服，没什么用处。但是对你来说就很有用，所以给你也没什么，本来就是你的客户。况且听他们说你的副业是写东西，以后要是写我的话也能把我写得正面点儿。”

“好嘞，收到。那第三种呢？”

“第三种就是跟有用和没用没关系，是我爱的人。”她把最后一根手指收起来，捏成一个小小的拳头，“就是因为这第三种，我大三的时候就到一个公司上班，接最刁蛮的客户，谈最难谈成的单子，比别人都辛苦，比别人都努力，什么白眼都受了，也顾不得什么是尊严，就这么熬过来了。有时候也觉得委屈啊，但是一想到他，我就觉得所有的都是值得的。”



“他真的有那么好吗？”

“其实他不是很好。认识他的时间长了，就发现他有越来越多隐藏在笑容下面的东西。他非常幼稚，经常拿着树叶当飞镖爆人家的车胎，拿着手机当机关枪扫射别人。明明这么像个小孩儿的人，私生活却乱得很。他也很抠门，看起来大方实际上算得比谁都清楚，不然怎么有人说无商不奸呢？看着永远笑盈盈的，实际上冷漠得很，把人分成三类都是他教我的。”

“那你为什么还那么喜欢他？”

“不知道。”她摇了摇头，用手撑着下巴，“我真的不知道。大概是一碰到他，就觉得这就是我想在一起的那个人，这就是我要找的那个人，至于原因我真的说不清楚，但是刚刚认识他我就知道。所以，有时候你碰见一个人，然后你的人生轨迹就欻的一下全部改变了。我之前在宿舍无所事事看电视剧的时候，从来没想过我会这么喜欢工作。”

“你喜欢工作吗？从来没见你加过班啊。”

她笑了一下：“一定要加班才是喜欢工作吗？我觉得就是你有干劲儿并且有能力在规定的时间内把工作做完，把事情处理好，那就行了啊。干吗非得用加班来表示自己的努力，加班难道不是因为蠢和能力不足导致的吗？”

我默默瘪了瘪嘴，没有说话。

她拍了拍我的肩膀：“我刚刚工作的时候也跟你一样。有一天晚上加班到半夜两点，回去的公车已经没有了，我身上的钱都不够打车。我穿着高跟鞋在路上走了一个多小时，脚实在是累得不行，走到车钱够的地方才打车。特别想诉苦，特别委屈，但是都不想给他发短信。想的是，这么晚了万一吵醒他怎么办？”

在这期间，因为和童皓工作上的话题越来越多，两个人的关系变得越来越好，成为了很亲密的朋友，经常会打电话或者出来吃吃饭什么的。

她就这么看着他一点一点从之前的大学生，变成现在西装革履风度翩翩的男人，看着他换了一个又一个女朋友，看着他的公司一点点壮大并且不断给他出谋划策，看着他对自己从开始的礼貌有加到后来成为好友以后的互相毒舌，她却没有对他说过一个爱字。

五一假期，两个人约好去旅游。

本来童皓不答应，说五一假期人太多，还不如在家待着。

曹若男说：“我认识你这么多年，我就对你提过这一个要求。我们不去人多的地方，我们去人少的地方。”

到了那个小城市，她带他去爬山，去小河边散步，去广场上看孩子们放风筝，去学校门口吃饭。她说：“这座山，每一年我们都会爬上去到庙里祈福。这条河在我小的时候还很清澈，我也是那些放风筝的孩子们中的一员。我在这个地方，读了三年的书，校门口那一家餐馆的味道，我一直忘不掉。”

“这里是我的家乡，虽然我们可能不会在一起，但是我还是想带你来看看。带你来看看我出生和长大的地方，带你来看看我认为的最美的风景。”她在心里默默说道。

童皓在她家的阳台上，撑着栏杆环顾四周，说：“还真挺漂亮的。你以前老说小时候父母不在家没人陪，好想有个时光机可以穿越回来，那样你就不孤单了。”

曹若男别过脸，泪水不断地往下滚。她觉得这是她听过的最温柔最让人动心的话。

她擦干眼泪，正好对上童皓的眼神，童皓说：“不过，不行，你以后的老公会不高兴的。”

天色暗了下来，两个人在家里翻了一会儿曹若男小时候的照片，她给他讲每一张照片后面的趣事。开着窗户，风吹起窗帘，天气好得就像老天也想来帮忙。

两个人喝着酒，吃着零食看着电视，看的尼古拉斯·凯奇的《战争之王》。里面有句台词，说：“生活中有两种悲惨的事：一种是得不到你想要的；另外一种是得到了你不想要的。”

她发着呆，等回过神来已经是影片结束的字幕了。她放下酒跑回沙发上，盖着毯子，看着童皓的背影。

她说：“你给我唱首歌吧。以前听你唱歌都是在KTV，想听清唱。”

“好啊。想听什么歌？”

“什么都行。”

于是童皓就唱了起来，他唱的是一首舒缓的英文歌，声音低沉又温柔。她就这么盯着童皓问："你喜欢我吗？"

童皓点头，几乎是没有经过考虑地就说："喜欢啊。"

"真的吗？"

"真的啊。你又聪明又勤奋还善解人意，是很喜欢你啊。"

"那有多喜欢？"她几乎都抑制不住那一颗因为激动而快要跳出来的心脏。

"跟劲爆鸡米花在我心中的地位比起来，还差一点儿。但是作为朋友来说，是非常喜欢的程度了。有时候我就会想，认识你真好。"

曹若男的笑僵在了脸上，她停了一下，缓缓地笑了起来："认识你也真好。"

"你看，我连一次表白都没有，却像是被他拒绝了无数次。"

说到这里，曹若男放下了筷子，她面前的食物一点儿都没有动，她耸了耸肩，说："所以，就是这样。"

我跺脚："后来呢，后来呢？"

"后来我们还是很好的朋友啊，现在也是。"

"我说你这人讲话能不能不要那么大喘气啊，我还以为发生什么了呢。大半夜的在办公室鬼哭狼嚎的，吓死人了。"

"你说什么？"

"没事，我说您继续讲，我好想听。"

"我想实现的已经实现了，我带他回家了，我听他唱了一首只有我一个人听的歌，而且他还说，认识我真好。"

"要求好低。"

"你读过《海的女儿》吗？"

"安徒生那个？我读过啊。"我点头，把虾放到她碗里，说，"这虽然不是海的女儿，但是应该也是海的亲戚。赶紧吃。”

“我小时候读那个故事，心里很讨厌王子和那个人类姑娘，觉得不公平。直到我爱上了他，我才真正读懂了这个故事。”

“读懂是指？”

“我理解故事里的每一个人。理解小美人鱼用声音交换双腿靠近喜欢的人时的迫切，她每走一步都踩在刀尖上的痛苦，她没办法跟那个男人说我爱你时的委屈，看见他和别的女人在一起时的伤心，她在王子结婚那个晚上不知疲倦地跳舞时的自我麻痹，理解她在海上化作泡沫时的绝望，要有多爱才愿意牺牲自己啊。这个故事残忍的地方是，每一个字都在讲爱一个人又求之不得的心酸。”



“你这么一说，的确挺让人难过的。”

“但是我也理解王子。他没办法跟小美人鱼在一起，他也不会爱上小美人鱼。”

“为什么？小美人鱼很可爱啊。”

“因为，他们从头到尾都不是同类。所以即使小美人鱼交换了双腿，交出了声音，靠近了王子，她付出再多都没有用。她以为看见的那个希望是扇打开的大门，但那只是她的错觉，最后还落得了化成泡沫死在海里的下场。”

我沉默了一下：“那是因为王子不知道小美人鱼爱他。”

她苦笑了一下：“你傻啊，你真以为你爱的那个人看不出你爱他？爱一个人多明显啊，陪他走一条街就还想再走一条街，听他唱完一首歌就还想再听一首，念他的名字一次就想再念一次，你以为谁看不出来啊？爱，是你想藏都藏不住的，一个眼神就懂了。”

“所以，你的意思是，童皓知道你喜欢他？”

“我不知道。我没讲过，我不知道他知不知道。”

我鼻子突然酸酸的，我说："你都没争取过，你都没告诉他。"

"我争取过了，我拼命想要得到那个世界的入场券。我学金融，我努力工作，我想要出人头地。怕他再喝醉不能开车，于是我考了驾照，以后每次一喝多就给我打电话，我可以去接他。他说喜欢吃苹果，我现在削苹果可以削完一整个皮还是连着的。你今天看到的我，这些好性格、好脾气、好习惯，全都是因为他才养成的。我是因为他，才变成了今天的我。"

听她说完我缩了缩脖子，似乎有点冷。她一笑，伸出手去感受风，说道："你说当初小美人鱼，怎么就那么巧，刚把头伸出水面，就看见了他呢？要是碰不见的话，她就不会消失了啊。"

"虽然海是她的家，但是陆地上有她爱的人啊。"我说。

"说得对。"

"对了，曹总！"我一把握住她的手，"您别想不开啊，什么化作泡沫消失在海里啊，听得我肝儿颤。你自己答应明天帮我见客户的啊，你年轻漂亮工作顺利要是都想不开的话，我这种月工资都养不活自己的人该怎么办？"

"不会。"她笑着摇摇头，"你太小看我了。我能混到今天，心理素质不会差到哪儿去。"

"那就好。"我长舒了一口气。

"他今天结婚。"她终于拿起筷子夹了一点儿米饭，缓缓地说道。

"他怎么就结婚了？怎么结婚了！所以，你去大闹婚礼，现场扇了他两个耳光再在新娘头上洒一盆狗血了吗？"

"没有。我看完了婚礼过程，包了一个很大的红包当份子钱，跟他说'新婚快乐'。对了，他的婚房也是我设计的，很大，只因他老婆说很喜欢我的设计。我没跟你说过吧，我大学念的是室内设计。”

我目瞪口呆：“可是你不是那么喜欢他吗，为什么还做这些？”

她笑了：“小美人鱼最后没有杀死王子，而是选择化成泡沫消失，也是因为爱啊。所有的一切，都是因为爱。这个世界，你爱什么就会死在什么上。爱钱的死在钱上，爱权力的死在权力上，爱暴力的死在暴力上，还有很多人，死在了爱上。”

吃完饭出来，已经是凌晨三点了。

外面下起了大雨，她开车送我回家。

我们一路沉默无言，只有外面的雨声越来越清晰。

她把着方向盘，看着前方的雨刷说：“幸好当初她把头露出水面，就看到了他。”

“什么？”

“也许小美人鱼从头到尾都没有后悔过，也许小美人鱼反而很喜欢长着双腿的自己。”

她转过头来，冲我一笑。

你是我迷路时遇到的风景，纵然美却没有一处属于我的山水，也终究无法成为我的归途。

我还知道另外一个关于这个故事的结尾。

小美人鱼要跳下大海的时候，被一个人拉住了。那个人温柔英俊，充满了爱意。他拿出手帕给小美人鱼擦眼泪，拥抱小美人鱼，他们两人相伴度过了漫长而幸福的岁月。两个人都无法讲话，但是只要一个眼神，就懂彼此。

这个人的声音，在上岸追随小美人鱼去寻找王子的那一天，就变成了陪伴她行走在光阴河流里的那双腿。

# 你说今夜月光那么美

chapter 11

你说今夜月光那么美

我没想过叶柏会来敲我家的门。虽然自从认识叶柏以后，我就以演偶像剧的标准要求着自己，但我没想到他真的会来，而且来得这么快。

而此时，我正赤着脚坐在地上啃西瓜，头发乱糟糟地扎在脑后，穿着一套松垮垮的背心短裤，看着综艺节目笑得花枝乱颤。

听到敲门声，我不耐烦地边问“是谁”边走向门口。

然后我听到了他的声音。“我，叶柏。”

我一惊，从猫眼里看了一下他，说：“你先等等。”

我抛下等在门外的叶柏，迅速进屋翻了一条像样的裙子穿上，鸡飞狗跳地奔向洗手间，洗了把脸，把头发披下来梳顺滑，再抹了点粉底和口红，涂了一层睫毛膏。

我拉开门，巧笑盈盈地说：“不好意思，我刚刚睡午觉起来。”

“噢。”他点了一下头，“所以你是梦游着化了个妆？”

我在心里翻了一个巨大的白眼，阻止自己因为尴尬而想关上门的冲动，挤出一丝笑容：“关你屁事啊！”

我和叶柏的认识过程完全可以拿来给一部国产偶像剧当开头。

大学的一个暑假，我失恋了。

那些光鲜亮丽是装给别人看的，大道理都是说给别人听的。事实上是，失恋以后的我异常痛苦，几乎每天晚上都喝到天昏地暗，一直持续了半个月。

有一天晚上，我和往常一样，扶着墙东倒西歪地趴在门口开门。门却跟我作对，开了好久都打不开，我大怒，开始借酒撒疯，用高跟鞋一脚一脚地踹门：“奶奶的，开门！”

里面的灯亮了，门开了，我盯着面前的陌生男人，看了两秒，把包往他身上砸，同时抓着他的衣服开始尖叫：“抓小偷啊！”

这个男人就是叶柏，住在我家楼下。

这件事以后，我每次见到他就觉得非常尴尬。好在我脸皮够厚，想着反正邻居不认识就算了，一旦认识了就是低头不见抬头见，更何况叶柏还长得挺好看的，索性就豁了出去。每次在楼梯或者小区里碰见他，就算尴尬还是点头微笑着打招呼。而他每次都会一笑，露出了一排洁白的牙，问：“今天没喝酒啊？”

我就努力维持着笑容，在心里默默地骂一句脏话。

从此以后，我就再也没喝多过。

熬完夜一大早就被楼下的歌声吵醒，我按了一下手机想看时间，手机却没电了。

屋子里拉着窗帘，还是灰蒙蒙的。

我蒙着被子继续睡，楼下的歌声却通过音响不断地传上来，在耳膜里荡来荡去。

对我来说仇人分两种，一种是杀我全家的，一种是吵我睡觉的。

我打开门气冲冲地跑下楼敲门，对来开门的他一顿吼：“你神经病啊，脑子进水啊，一大早吵什么吵，幼儿园老师没教过你懂礼貌树新风啊，炫耀你家有个家庭KTV啊，唱得又不好听还一大早嚷嚷，让不让人睡觉了，尊重两个字知道怎么写吗？”

他听着我有旋律的这一段咆哮，无辜地指了指客厅的钟：“可是现在，已经十二点多了啊，你还没起床啊？”

我盯着那个钟，嘴唇慢慢闭上，牙齿咬合到一起，挤出一个笑容：“不好意思，您继续。”

我灰溜溜地上楼，恨不得给自己俩耳光，并且发誓以后过四楼的时候跑快一点，再也不跟他打照面。

这个誓发了没多久，我就又不得不去敲他的门。

一场暴风雨过后，我去收衣服，却发现 bra 掉到了他家的阳台上。从国外代购回来的价格实在让我觉得心疼。

于是，我又厚着脸皮去敲门了。一个和他年龄相仿的男生来开的门，应该是他的朋友，他正坐在沙发上盯着电视专心致志地打游戏。

我说：“不好意思，我的衣服掉到你们家阳台了。那间屋，我能进去拿一下吗？”

他爽快地一挥手：“多大点儿事儿啊，你还得换鞋，我去帮你拿就好了。”

我还没来得及开口，他就已经转身进屋了。

接着他用手捻着那个 bra 的肩带，瞟了我一眼，递给我，说：“这垫儿有点儿厚啊。”

我顿时羞愧极了，从他手上扯过来：“要你管啊。”接着头也不回地跑上楼。

这以后又碰面了几次，居然可以正常说话了，还一起遛过狗，互相留了电话号码。在小区前面的小吃店里一起吃过饭，还出去爬过一次山，每次都相谈甚欢。

按照偶像剧情节的走向就是，近水楼台先得月，我迷糊他毒舌，我莽撞他包容，时间久了他越发觉得我可爱，然后对我欲罢不能，两个人之间擦出爱的火花，再有点儿误会吵吵架和好什么的，就能走向大团圆结局了。

为了这个结局我已经蓄谋已久，并且时刻准备着。

你看，他现在不是来敲我家的门了吗？

然而我只猜中了开头。

我放他进屋来，然后端坐在沙发上，双腿合拢撇向一边，努力将本身就短的腿部线条拉长，问："天气这么热，要喝点儿什么吗？"

"有酒吗？"

我在心里暗想，一定是想酒后乱性，坚决不行。我摇头："没有酒。"

"你不是爱喝酒吗？我还以为你家就是个酒窖呢！"他环顾四周，"原来不是啊，是人住的地方。"

"我——戒——酒——了！"我一字一顿地说，"谁没事儿成天喝那个啊。"

"我现在挺想喝的。"

"不开心啊？"

"有点儿。可能天气太热了吧。"

"你等着，我给你拿去。"

我端着一碗米酒放到他面前的桌子上说："喝吧！"

他盯着那碗米酒，哭笑不得："我找你要酒，你就给我这个啊？"

"异曲同工嘛。我还加冰块儿了，你尝尝。你要是不满意的话，我再在里面给你下点儿汤圆。"

他护住碗："好了，可以了。"

他把一碗米酒“咕咚咕咚”地喝完，说：“好喝。”

“哈哈，是吧？我现在不开心的时候就改喝这个了。”

“免得跑到别人家，揪着别人的衣领管别人叫小偷是吧？”

我把翘着的尾巴压下来，装腔作势地咳嗽一声：“那某些人现在还不是到我家里来讨酒喝。”

“你不是说不开心的时候喝酒挺管用的吗？”

“那你有什么不开心的啊，说出来让我开心一下。”

“我家里人让我去相亲，我特别烦。”

我心一跳，这是要跟我表白的节奏吗？家里人让他去相亲，但是他并不想去，因为他心里有一个牵挂的我，所以今天才来找我，是这么回事儿，对吧。



我盘算完，莞尔一笑：“为什么不想去呢？”

他咬了咬下唇，一副难以启齿的样子。

我更加坚定了他是要跟我表白的想法，差点都要按捺不住激动的心情了。

良久，他终于艰难地开口：“你知道同性恋吧？”

我一下没反应过来，茫然地点了点头：“知道啊。”

“我就是。”他缓缓说道，明明只说了三个字，明明说得很轻的三个字，却仿佛花光了他所有的力气。

我愣了一下，在脑子里整理了一下头绪，问道：“所以，你喜欢男生？”

他点头。

我翻了一个白眼，说：“等我啊！”

我进了卧室，把裤子换回来，从冰箱里拿了两罐啤酒，扔了一个垫子在地板上，往垫子上盘腿一坐，开始随意地边用手扎头发边数落他："早说你喜欢男孩子啊。我还特意换了条裙子来给你开门，早说我就以真汉子的面目示人了啊。"

"你喜欢我啊？"他问。

我托着下巴想了一下："也算不上喜欢，就是我现在单身，全世界的单身男人都是我的，我是这么想的。"

他笑了一下。

"你说那么多人，你干吗非跟我说啊？你抖一个这么大的秘密给我，知道我思想包袱有多重吗？"

"你不是说你是腐女吗？上次爬山的时候……"

"老子是腐女！但是老子的那种腐女顶多就是看看耽美漫画，然后感叹一下好美好的那种腐女啊！不是看见一个男人就想象着，他跟另一个男人在一起有多美好的那种腐女啊！况且你知不知道，说自己是腐女会显得很萌！"

他点头："长得好看的腐女是萌，长得不好看的就是猥琐。"

我继续翻白眼："老子就是萌，别阻止我。"

叶柏比我大几岁，长得阳光帅气，成绩也好，待人处世也好，就是大人眼中那种"别人家的孩子"。现在已经毕业进入国企上班，工作悠闲待遇颇丰，唯一让他难以启齿的就是性取向。

他小时候经常跟男生一起玩，但是没觉得自己喜欢男生。

上初中的时候也有一帮兄弟，每天玩玩闹闹，早恋的已经开始早恋了，他却发现自己没有对任何一个女生动过心。他也并不觉得奇怪，想着以学习为主。

他在高中的时候交了一个女朋友。

那个青涩的年纪，心都开始蠢蠢欲动，叶柏已经长得很高，再加上各方面条件都不错，被不少女生喜欢。有一个女生总是在他打完篮球的时候递上一瓶水然后快速跑开，朋友们就在一旁起哄。不久以后，他答应了这个女生做她的男朋友。

他们一起吃饭，一起放学回家，叶柏载着她穿过一条又一条街道，笑声也在那些街道回荡开来。

但是关系也就仅此而已，叶柏从来没有想过要搂她抱她吻她。

某一天，叶柏和一个男性朋友一起骑车回家。一条林荫大道，夕阳洒在上面，风起了，落叶缓缓地往下飘，那个男生的衣服也被风吹得鼓鼓的，夕阳跳上他的发梢，金色的光从他的身上溅出来，满身都是青春洋溢的荷尔蒙的味道。叶柏的心狂跳不已，眼睛也转不开了。

从那以后，他就再也没有喜欢过女生。

刚刚知道自己喜欢男生的时候，他非常恐慌。

他背着家里人偷偷跑到网吧里上网，搜索同性恋应该怎么办，怎么治疗，怎么改正，甚至去看了心理医生。但是医生说，同性恋无法治愈，因为它本身就不是一种病。

他从恐慌自卑自责到慢慢接受，故意透露早恋的证据给老师。在班主任的课上写情书，没有称呼，被老师当场没收，然后是叫家长。

老师和父母都生怕他因为早恋耽误学习，就百般劝说。他假装痛改前非，跟女生说分手，也让父母相信他是喜欢女生的。

他和那个男生还是好朋友，一起打球一起勾肩搭背地出去玩。有一次和那个男生闹着玩，他用手臂夹着那个男生的头，两个人玩闹着，他不知不觉把动作放慢，说了一句："我喜欢你。"男生摸了摸自己的脖子，看了他一眼，说了一句："神经病啊！"

他上大学的时候，有一天在图书馆看书，天就下起了雨，等他出来的时候外面已经是大雨滂沱了。由于这场雨下得突然，图书馆前一堆人等着雨停，叶柏也在里面。等了一会儿，觉得雨一时半会儿不会变小，于是一横心冲进了雨里。

没走出多远，身边有人追上来，转头一看是个男生，已经和他一样被淋得狼狈，两人相视一笑，一起跑着。

在宿舍楼前，叶柏拉起 T 恤拧了拧水，正好对上了那个男生的眼睛，他缓慢又温柔地一笑。

说来奇怪，知道自己喜欢男生以后，人群中谁跟自己一样，一个眼神就能看出来。

他和这个男生就此认识，后来谈了恋爱，工作了，两个人还在一起。平淡又幸福。

这场恋爱一谈就谈了五年。

直到现在，叶柏被逼去相亲。

我看着他已经空掉的啤酒罐，把我的那罐也递给他，说："我真没有酒了啊。"

他苦笑，点点头："没事儿，借酒消愁愁更愁。"

"你难道打算一直不告诉你的父母吗？这么下去也不是办法啊。"

"前段时间跟家里人在一起看电视，正好有个台放到对社会同性恋的调查，我看了不到一分钟。我妈就把遥控器抢过去换台，她说：'这些变态有什么好看的。'"

我端着水杯碰了一下他的啤酒罐，无言地喝了一口。

他叹了一口气，盯着啤酒罐，声音缓慢："我要怎么告诉我妈，她儿子，就是那种变态？"

"以后不开心的时候，就上来吧。我多囤点酒。"我说。

叶柏就这样跟我成了朋友。

后来我见过一次他的伴侣，就是我去他家要衣服的那一天，在他家的那个男生。干干净净的，笑容也灿烂，他叫大鱼。大鱼为了维持和叶柏的爱情，毕业以后也留在了这个城市工作。

我去叶柏家里玩过几次，我在沙发上东倒西歪地躺着，嗑瓜子看电视。他和大鱼在厨房忙活，叶柏切菜，大鱼把材料丢到锅里，油锅就“噼里啪啦”地炸开了。我看着他们，脑子里冒出无数个粉红小泡泡，偷笑的时候，钥匙转动门的声音响了。

叶妈出现在门口。

我急忙翻下来，正襟危坐，冲叶妈一笑，打招呼：“阿姨好。”

叶妈指着我，一副猛然想起的样子：“你是楼上那个小姑娘吧？”

我猛点头，为“小姑娘”这个词。

大鱼出来了，恭恭敬敬地喊了一声“阿姨”。我紧张得要命，叶妈却点头回应：“大鱼来玩了啊？你就别去厨房忙活了，我去吧。”

大鱼说：“没事儿，阿姨您坐着。我们都快做好了。”

大鱼又进了厨房，叶妈换了鞋坐到我旁边来，一脸笑容：“我以前听你奶奶说过你，你在外地念大学是吧？”

“哎呀，真乖，真讨人喜欢。”叶妈伸头看了一下厨房，拉住我的手，坐近了一点儿，声音小了一些，“小杨啊，你有没有男朋友啊？”

我顿时明白了她的用意，点点头：“嗯，阿姨，我有男朋友。”

她的失望立刻就写在脸上：“你说，现在这年纪轻轻上大学的小姑娘都有男朋友了，这叶柏怎么就那么挑。小杨，你身边有没有合适的姑娘介绍给叶柏啊？你看他老大不小了，就一直说不急不急，他不急我们急啊。我们年纪也大了，要求也不高，温柔孝顺就行了，怎么到他那儿就那么难呢。”

“可能是他没遇到合适的吧。”我回答。

叶妈拍了拍我的手：“小杨，这个事儿你帮我留心一下。身边有适合的姑娘，一定要介绍给叶柏，成了阿姨请你吃饭，不，阿姨给你包一个大红包。”

我只好点头：“嗯，好。”

我没有给叶柏介绍过对象，但是叶柏还是去相亲了。

叶妈威逼利诱，说这个女生多好多好，好不容易才约着见一面，要是叶柏不去见就是不孝。叶柏同家里人吵了一架，叶妈不吃饭，躺床上哭了一个下午，叶柏就答应了。

叶柏去见了那个女生，彬彬有礼但是拒人于千里之外，想着这样可能女生就会明白。谁知对方觉得叶柏踏实又稳重，各方面条件都挺满意的，随即向叶妈透露了自己的意向。

叶妈高兴得都快上蹿下跳了，急忙邀请女生到家里来做客。明明才见过几次面，却已经把女生当成儿媳对待，呵护有加，生怕这桩事黄了。

有一次散步回来，在楼下碰见叶柏送那个女生回家。他们并肩走着，叶柏把手插在裤兜里，两人无声地走着，过了好久，才说一句话。

我看着他们走过来，叶柏看了我一眼，我也看了他一眼。我笑了一下，他也苦笑了一下。他们走过去不久，我的手机就响了。

进来一条短信，叶柏说：“晚上出去走走吧”。

我和叶柏没出去走走，就在楼顶的小花园里，吹着夜风喝啤酒。

他说：“你看，我现在已经落魄到跟一个小屁孩儿在这儿谈人生谈痛苦了。”

我瞪他：“谁小屁孩儿了，我是个成年人！”

他笑了一下，拉开啤酒罐的拉环，说：“我觉得这段时间我要跟你一样变成酒鬼了。”

我继续瞪他：“我说了我不是酒鬼！再说了，你不是说借酒消愁愁更愁吗？”

“我妈说，我年纪也不小了，是该结婚的岁数了。”

“那你准备结婚吗？”

“我不知道。看过一个调查说，中国百分之八十的同性恋，都会选择结婚。迫于家庭的压力，迫于社会的压力。”他顿了一下，说，“跟异性。大鱼家也在催他了，我最近真不知道该怎么办了。”

“你会成为那百分之二十吗？”

“哪儿有那么简单。我和大鱼都是家里的独生子，他们觉得传宗接代天经地义不可推卸。我从小就小心翼翼不敢犯什么错，知道自己是同性恋以后更是如履薄冰，我原来以为我做得特别好，他们就会在其他方面包容我一点儿，但还是不行。”

我叹了一口气，没说话。

“我跟你说这些是不是挺影响你的心情？”

我摇摇头：“不是说能说这种话的只有我一个人吗？虽然我没法感同身受。”

“这种事，你还是别感同身受了。”他苦笑了一下，“我最近每天早上醒过来，都想摔东西，都想砸桌子，都想冲到外面吼几声，但是我不能啊。我得穿好衣服去上班，在我妈面前跟大鱼装成兄弟。我是个男人，我不能做这么可笑的事，可是更可笑的事，我已经做了。”

“你不可笑。你只是没办法背叛自己的心。”

“你爱过人吗？”

我点头：“爱过啊，看见那个人的时候心怦怦跳，等短信等到睡着了。只要看见他冲我笑一下，一整天的心情都很好。他惹我难过了，心就打着结一样地痛。什么都愿意为他做，觉得他做什么都可爱，恨不得让全世界的人都知道我喜欢他，但是又想把他的好藏着掖着只属于我一个人。觉得我离开他就活不下去，大概是这种心情吧？”

他把易拉罐慢慢地捏扁，抬头看着我说：“同性恋也是这样。我爱大鱼的心情，跟这个一模一样。”

假期快结束的时候，晚饭后我戴着耳机跳健美操，摘下耳机准备出去散步。隐隐约约听到楼下传来声音，吵架声、哭声、骂声和东西破碎的声音混合在一起。我从床上坐起来，跑到窗边听，心跳得“怦怦”的，第一反应就是叶柏家肯定出事了。

过了一会儿，那些声音安静了下来。周围又陷入一片沉寂。

我坐在床上，准备从窗户上喊叶柏，想了想又退了回来。

走的前一天，我还是决定去看看叶柏。

我敲他家的门，来开门的却不是他。叶妈红着眼睛拉着我的手“小杨啊，上次我跟你说的那个事儿，你放在心上啊，给阿姨留意一下。阿姨的要求真不高，是个女生，人不坏就成，你帮帮阿姨。”

我匆忙点头，找借口回到楼上，打电话给叶柏。

叶柏坐在我对面，他说：“你这么快就走了，以后想跟你喝酒都不是件容易的事儿了吧？”

我拍了拍他的肩膀：“有事儿可以打电话给我，我们不是兄弟吗？”

“大鱼也走了。这下真的连个说话的人都没了。”

“大鱼怎么会走了？”

“我跟我妈坦白了。”

大鱼周末到叶柏家来拿书，叶妈带着那个跟叶柏相亲的女生回来了，就留大鱼吃饭。叶妈一个劲儿撮合叶柏和那个女生，女生换着袖子帮忙去洗菜。叶妈就鬼鬼祟祟地找理由把大鱼叫出厨房，说给叶柏和那个女生留出独处空间。

饭桌上，叶妈一直使眼色让叶柏给女生夹菜，大鱼一声不响地扒着饭。叶妈笑得鱼尾纹都能织一张网，说：“大鱼啊，你别老跟叶柏学，这么大岁数了也该找个女朋友了。”

大鱼扒着饭，眼睛就红了一圈。

叶柏沉下脸：“妈，你别说了。”

叶妈不满意了，敲了一下桌子：“我怎么了，我说什么了就让我别说了，你和大鱼的关系好，所以我才说的。你们是朋友，你现在有着落有希望了，我替大鱼着急一下不行啊？随口说了一句，我是个长辈，这话都冒犯你了？还不是为你们好。”

叶柏放下筷子：“你要是真为我好，就别给我安排什么相亲了。”

叶妈的脸色铁青，但是当着女生的面又不好发作。大鱼放下筷子：“阿姨我吃饱了，公司还有点事就先走了。”女生也站起来：“阿姨，我还是改天再来吧。”

两个人一前一后走出门，叶妈把筷子一摔：“叶柏你长进了是吧？不要我这个妈了是吧？当着这么多人的面儿给我难堪，我说哪句话招你惹你了。你不去相亲，你倒是给我带个女朋友回来啊。”

叶柏盯着那一桌子菜，眼睛渐渐模糊，他没有再说话。

叶妈的气却没那么容易消。她继续喋喋不休：“我养了你这么多年，你今天居然让我别说话，你知不知道你多给我丢脸？你秦阿姨的儿子跟你同岁，从小就跟你在一个学校，什么都不如你，但是现在已经结婚生了一个小姑娘都会叫爸爸了。你呢，从上大学就没见你带过一个女朋友回来，连楼上的小杨都有男朋友了。我每次出去打牌，大伙儿都问我‘儿子什么时候结婚’，你让我怎么回答？

你不结婚，你好歹先找个女朋友啊。不孝有三无后为大，我说你两句怎么了？我为你好，我就不能说你了？翅膀硬了，是吧？”

叶柏吸了吸鼻子，努力不让眼泪掉下来：“妈，说件更不孝的事，大鱼是我男朋友。”

叶妈的唠叨一下就停止了。她愣了一下，问：“你说什么？”

叶柏抹了一把眼泪：“大鱼是我男朋友。”

“大鱼怎么会是你男朋友呢？”叶妈一脸震惊，不知道是没反应过来还是不敢相信。

“妈，我喜欢男生。大鱼是我男朋友。”

“你喜欢男生？我儿子喜欢男生？”叶妈六神无主地重复着这两句话，重复了几次，一把抓住叶柏的手，“我不逼你跟不喜欢的女孩儿相亲了，你别这么吓妈。小柏，你别吓妈，你别跟妈开玩笑。”

叶柏克制住哭声的沙哑在喉咙里翻滚：“妈，我没开玩笑，我真的喜欢男生。我这么多年不交女朋友，就是因为我是同性恋。”

叶妈摇了摇头：“不，不可能，我不相信，你高中的时候不是还交过一个女朋友吗？”

“我不喜欢她。”

叶妈扯着叶柏的手，把他往门外拉：“走，小柏，我们去看医生。肯定是这段时间我让你相亲给你的压力太大了，我们去看看医生，看完你就没事儿了。你肯定是病了，小柏，没事儿，看完医生就好了。”

叶柏滚烫的眼泪滴在叶妈的手上：“没用的。”

叶妈突然就歇斯底里地吼道：“怎么会没用呢？不是，你是我儿子，是我身上掉下来的一块肉，你怎么会喜欢男生呢？你怎么能这么心理畸形呢？你是不是受什么刺激了，我和你爸都好好的，你怎么会是这种怪物呢！”

“对不起，妈。”

“你不要说什么对不起，你去喜欢女生啊！男人怎么可以喜欢男人呢？多变态啊！多恶心啊！这……根本没这样的事儿啊，不可能的啊！”

“妈，真的对不起。”

叶妈重重地把碗摔在地上：“你滚，就当我没生过你。”

叶柏去抱叶妈：“妈，你别这样，真的对不起。”

叶妈瘫坐在瓷器碎片上号啕大哭，她把身边的碎片，一个一个地砸向叶柏。叶柏站起来，轻轻地带上门出去了，好几天没回家。

叶柏说完这一段，声音又有些沙哑了。

我搂过他的脖子，自己也转过头把眼泪抹干净说：“叶柏，你还记得我失恋的那段时间吧？我每天喝得天昏地暗，觉得全世界都抛弃我了，觉得这个世界上没有一个可以依靠的人，觉得自己一定找不到那个人了。每一天都很痛苦，现在我觉得，那点儿痛苦真的不算什么。”

我捂着嘴眼泪不停往下滚，“我失恋了，我还可以再找一个人，我还可以再找一个我喜欢也喜欢我的人，我随时都可以开始新生活。但是我今天突然就理解你了，你抓住一个人，你就想抓住。因为你们在一起的机会实在是太渺茫了，没有人理解你们，没有人祝福你们，那种感觉……”

叶柏递过来一块纸巾，说：“我跟我妈坦白是我真的不能结婚，我真的不能害了别人。我自己已经是这种怪物了，我不能再去祸害别人。我现在就觉得，只要我妈答应我不结婚，我什么都愿意，我真的什么都愿意。”

“你不是怪物。”

"我妈说我是。"

"你不是的。"

"好，你说不是就不是。"

那个晚上，我和叶柏坐在地板上说了很多的话，也掉了很多的眼泪。虽然我知道这并不能改变什么，但是就像是溺水的人正在挣扎，我没法成为他的那根稻草。作为朋友，我能做的只有在他等待那根稻草的时候，给他一点儿氧气。

第二天，我到了重庆上学。

不久之后的一个晚上散步的时候，我接到了叶柏的电话。

叶柏笑声爽朗，他说："我现在在 S 城。"

我说："出差吗？记得给我带特产啊。"

他说："不是的，我和大鱼决定定居在这里。我把工作换到这里来了，大鱼也是。"

"家里同意了吗？"

"没有。我妈不相信，抵抗，又绝食又发动亲戚劝说，软硬兼施，还是很难说服。但是我好歹是她儿子，既然坦白了，那就抗争一下。"

我笑了一下："那你加油抗争。"

"我不是怪物。我又没有杀人放火，我只不过是爱上了一个人。不能因为一个人爱另外一个人，就说他是怪物，对吧。"

"嗯，你好就好。我在散步，难得重庆没有雾。"

"我在阳台上，正好满月，所以，今天晚上的月亮好美啊。"

"是啊。"我抬起头和他仰望着同一轮皎月说道。

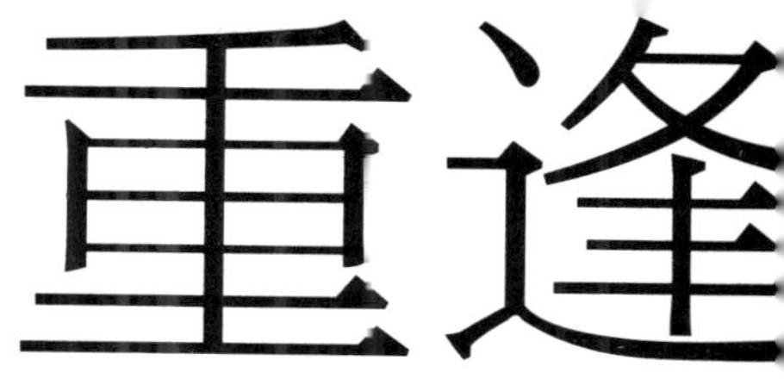

# chapter 12

# 重逢

我出生在20世纪的最后一年。那一年对中国来说是喜庆的一年，国庆盛大阅兵，澳门回归。在经济这辆马车的带动下，我诞生了。那个时候，我还是个让人感觉到新鲜又神奇的东西。我躺在玻璃橱窗里，形形色色的人看过我，他们议论我，垂涎我。但是，我和我的伙伴们被买走的速度非常缓慢。因为在那个时候，我是高科技的结晶，是昂贵的，只有少数人才能够拥有。

我是一部手机。我可以发短信打电话，我会唱几首不同的歌。我有个小闹钟，可以叫醒人们起床。我有个计算器，可以换算简单的货币。我还带了贪吃蛇这样的游戏，一共有三个游戏呢，另外两个是考记忆力和逻辑猜图。在那个时候，我这样的手机是非常了不起的，光是我面前的价格标签就能证明这一点。

有一天，一对情侣牵手走过我面前。那是一对很年轻的情侣，嘻嘻哈哈地打闹着说笑着。男生在我面前站住脚，转过头跟女孩儿说："要是你有个手机的话多好啊。那样你就不用每天等我下班再跑到外面打公用电话给我了，我怕你遇到坏人，而且每天都要排队。冬天那么冷，经常下雪你也还是跑去给我打电话，我特别心疼。北京的冬天特别冷。真的，我知道。"女生特别开心地笑了，那是一张甜美可爱的脸，极富青春活力，即使不施粉黛脸也像剥了壳的鸡蛋似的没有一点儿瑕疵，只是在风中被冻得鼻头通红。她说："没关系啊，只要能跟你说说话，只要能听听你的声音，就什么都值得了。我不累，只要一跟你说话我心里就只有开心。"男生牵着女生走了，临走的时候还恋恋不舍地看了我一眼。他轻声但无比坚定地说："我一定会买个手机送你的。"

这样的人我见过很多，很多喋喋不休的梦想我都听过。我刚开始还信以为真，但是后来发现，大多数都是些空头支票，那些说会拥有我的人，顶多只是经常来看看我，并没有人来带走我。然而这个男生不一样，四个月以后我再次见到了他。他交了钱，先是带我回了他的出租屋。那是一个潮湿窄小的弄堂，除了放床的地方，其他能活动的空间小得可怜，一年四季见不到阳光。他坐在床上狼吞虎咽地吃着一个凉馒头，但样子看起来却幸福极了。

我不知道他饿了多久，节约到什么程度才买下我。总之，从这一刻起，我有了一个主人。

我的主人在北京读大学，是个活泼得像个小精灵的女生。她有一双忽闪忽闪无比有灵气的眼睛，我不知道怎么形容那双眼睛里的清澈。我是部手机，词汇量不大，脑子里装的是一个一个的字和简单的词汇，所以我找不到合适的词语形容她的美好。

我想就算是很有学识的人，形容起来也应该很难吧。因为美好是简单的词语所形容不出来的，如一片星光、一片小树叶、一滴露珠或一声夜莺啼鸣。但是她，会让在她面前的人感到紧张，感到自己在这世上依旧一无所有，依旧两手空空。但是我很幸运，我不会。因为我的心脏决定了我不会有这样的情绪。我只会执行各种各样的程序允许我执行的动作，其实我是个小小的机器人。

我跟她朝夕相处。

我有时候被她拿在手心，紧张地等短信等电话，有时候被放在她胸前的口袋里，有时候在她粉红色的小手提包里，和她的口红唇彩待在一起。她握着我在宿舍的床上编辑短信，每一个字，每一句话，她都要皱着眉头想一想，一次又一次地把我按亮，看看是不是错过了短信。她刚开始打字的速度非常慢，到后来就变得很快，甚至不看键盘也能打得飞快。她讲话的声音是典型的吴侬软语，调子软软的，边音和鼻音有些分不清楚。她还爱撒娇，爱哼哼，但是很少真正生气，他稍微哄两句又重新明朗地笑了，那才叫真正的银铃般的笑声。她托着脑袋盯着我，念叨："看你还不给我打电话。"她每天都把我放在枕边，有时候打着电话就睡着了。我在她的脖子下面压着，把她硌醒了，她会把我拿起来，乖乖地放在枕边。她呼吸的声音很轻，像只小猫，但是有时候姿势不对声音就会变重，像是打呼噜。她每天早上都会起来背单词，也会编辑短短的诗句，肉麻的句子，发给远方的他。

这是他们不在一起的日子。

每过一个月，他们会见一次面。有时候是她坐火车去找他，有时候是他来看她。在一起的时候，他们是用不到我的。我被放在她的口袋里，听着他们的甜言蜜语，跟着他们走过两个城市的每一条大街小巷，听着他们讲各自的趣事，分享一捧热气腾腾的糖炒栗子。他会在吃饭的时候帮她挑出她不吃的，他特别喜欢揉她的头发。在冷的时候，他朝她的手哈气后放在自己的手心捂暖。他给她讲他的新工作很好，她抱怨早上睡过头，结果迟到了几分钟被老师为难。他是个温柔又正直的人，会一本正经地夸奖她，也会语气温柔地告诉她，有些事情她做错了。有一次，他坐在她的身边，她却发短信给他：“每次跟你在一起的时候，我就开始怀疑时间。总有种想让时间变慢的感觉，可是一天却又很快用完了。好苦恼！”他看了短信，低头在自己的手机里编辑起来。很快，我的身体里进来了一句话。他说：“跟你在一起的时候，哪里都是你，不跟你在一起的时候，也还是哪里都是你。”

这样过去了好几年。我一天一天地变老、变旧。电话经常说到一半就会莫名其妙地挂断，会莫名其妙地自动关机，键盘上面的按键已经被磨损得都看不见了。而在女生大学毕业的那一年，她的父母买了一个新手机送给她。那时候的手机，已经成了很多人都拥有的东西，价格也不再昂贵。她的新手机，算是我的弟弟，价格没我高，但是功能却多了很多，可以拍照，可以听音乐，俨然一台小型电脑。它趾高气扬地来，却很快就垂头丧气了。因为她还是喜欢用我。就算我老了，就算我有了那么多毛病，就算我在别人眼里只是一个不值钱的破烂手机，她还是只喜欢把我放在枕边，用我来完成漫长的思念和沟通。

她找了一份工作，在一家公司里面做翻译。最开始她还带着我，但是后来由于我经常没来由地中断通话。挨了老板的几次骂后，她只好带上我的弟弟，用那个手机来对付客户。但她依然用我跟他短信电话，她舍不得我。她的工作强度很大，最开始她还会在休息时间偷偷溜到卫生间用我给他打电话抱怨，说客户又为难她，每天埋在单词里快要疯掉了。他在那头安慰她，但是也只是一些无关痛痒的温柔话语。她开始穿起了套装，穿高跟鞋从一歪一扭到如履平地，学会了盘起头发和化妆，坐在电脑前整理一堆又一堆的资料。她经常忘记吃饭，直到饿得不行了就去泡一碗方便面或者吃冷掉的盒饭。她这个样子的时候，常常让我想起刚刚为她买了我时那个挨饿的他。

她真辛苦啊！可是她的眼神还是那样美那样清澈，笑起来眼睛弯弯的样子一点儿都没有改变。

后来她的工作越来越忙，房租、水电、交通费逼得她没有办法不得不拼命地多加班。有时候他打电话过来，她三言两语后说了句“我在忙”，然后就匆匆挂断了。晚上回到出租屋，蹬掉高跟鞋给他打过去，那头却没有回应。就这样，他们最长的时候有一个多月没有通话超过五分钟。她有时候也还是撒娇，但是语气却生硬了许多，那一头也多了很多沉默。于是就有了以前从未有过的尴尬。

就这样过了一年多。他们的联系越来越少，说的话也越来越少。她感觉到不妙，于是在一个周末请假去找他。我不知道发生了什么，我也不知道谁对谁错。只知道，回来的火车上，她把头看向窗外，不停地用手抹着擦不干的眼泪。她还是攥着我，可是我始终没有再唱歌。几天以后，我还是没有任何动静。没有短信，也没有电话。她像是个赌气的孩子，跟对方赌气赌得太久以至于对方都忘了这个事，没有人来找她，也没有人来哄她。我快没电了，可是她却怎么也找不到那根充电的线，或许是忘在了他的屋子里，或许是丢在了回来的火车上。她发疯似的把包翻了一个底儿朝天还是无果的时候，她安静了下来，眼神疲惫地看着我，眼睛里还是一汪湖水，不过起了一层很大很大的雾。那是我沉睡前最后记得的事。

再次见到她我是在一个盒子里醒来的。而她已经不再是以前的那个她了。她看起来依然年轻，眼角轻微的鱼尾纹毫不影响她的美貌，但是她的眼神，已经不再是当初的那个小姑娘了，那是一双我不知道经历了什么后没有了太多感情的眼睛。这个世界上有很多东西是可以隐瞒的，比如年龄，比如阅历。也有很多东西是不能隐瞒的，比如心境，比如旧梦，比如思念。

我不知道是她突然想起了什么，还是收拾东西的意外收获。她把我翻出来，翻箱倒柜地找到了一块电池。谢天谢地，这块本来不是和我的身体一起出生的电池，却有和它一模一样的样子，我又有精力了，只是很微弱。

她打开我，开始翻看一条又一条的短信。

“我就是觉得只要有你在，我辛苦一点儿累一点儿都没关系。等我赚够了钱，你就别在北京待了，北京的冬天太冷了，我们回南方去。”

“哪有？这世界上你最漂亮了，我有你了还看什么美女。”

“什么千年难遇的千禧年，能跟你在一起，还有什么好事儿是我赶不上的。”

“你在宿舍不要动，我来楼下找你，我出站了，好冷。你别冻着了。”

“我爱你。”

她目光里的锐利和风霜渐渐柔和起来，瞳孔里藏着的那个凌晨两三点的夜晚也渐渐消散，她像是回到了那些年。她在漫天大雪里奔向他的怀抱，路上摔了一跤倒在雪地里，爬起来继续跑，像是奔向一个大大的太阳。

“亲爱的”——拨号中……

“对不起，您拨打的号码是空号，请查证后再拨。”

她的手慢慢地垂了下来，那颗蓄积了好几年的眼泪，终于从眼眶里涌了出来，“啪”的一声，掉落在了我的身上，滚烫滚烫的，但是很快又变冷了。北京的冬天，原来是真的冷。我的生命差不多就到这里了。我安心地闭上了眼睛，像是等待一场久违而安心的重逢。

# 花朵

chapter 13

花朵

大一的时候刚刚开学，学校便狠心地把我们送去军训。

当时正值重庆的夏天，三十多个人挤在一个房间里，地铺打得脚都没有地方踩。抢一个水龙头，吃一盆丝毫没有油水的大锅菜，在太阳下站军姿累到想直接躺在地上睡一觉。这样的环境，对于一群娇生惯养的大学生来说，自然算是恶劣。大家都怨声载道，每天站完军姿拖着疲惫的身体回到宿舍，就集体开始抱怨教官、抱怨部队、抱怨学校。

我就是在这里遇见的花朵。

花朵是唯一一个不抱怨的人。

她是学姐，因为大一的时候入学晚，没能赶上军训，所以跟我们一起补上。

花朵一看就不是城里人，这不是贬低，而是事实。就算军训，大家穿一样肥大又粗糙的迷彩服和丑得不忍直视的胶鞋，但还是能看出来花朵的不一样。

她皮肤黝黑，眉毛又粗又硬，手也很粗糙。她扎一个马尾，用红色的头绳，上面有一个褪色的蝴蝶结。花朵总是傻乎乎的，对每个人都笑，说不上好看，也说不上难看，只像是时光走错了片场。

每天一回到宿舍，躺在床上就觉得四肢都不是自己的了，一点儿指挥的力气都没有了。呻吟的呻吟，打电话的打电话，睡觉的睡觉，而花朵第一件事就是脱掉当天的衣服去洗。大家累到不行，就有学妹开始撒娇："花朵姐，能不能帮我一起洗了？"花朵说："好啊。"于是撒娇的声音此起彼伏，"花朵姐帮我也一起洗了吧。""对啊，也帮我洗一下吧。""顺便也帮一下我吧。""我没外套，就帮我洗下短袖嘛。"她只是傻乎乎地说："好啊。"

一个宿舍只有一个水龙头，水断断续续的，让我们忍不住盯着水流暗自鼓励"come on"。大家排着队洗澡，洗完就比较晚了。

为了不耽误我们接水，她只在我们洗完澡以后再接水洗衣服。好多件堆起来，一洗就洗很久。有时候会有疲惫的学妹抱怨："哎呀，谁在一直弄水啊，那么吵？"于是她把水开得更小，动作更加小心翼翼，也就洗得更慢。

我睡在靠着洗澡间的窗户旁边，等着一条似乎永远也不会来的短信，把屏幕按亮了一次又一次，却还是没有任何消息。我心里烦得慌，就翻身起来，趴着窗户看她。

正好对上她的眼神，于是她又笑，轻声却放大口型说："还没睡啊？"

我点点头："太热了，睡不着。"

我盯着黑暗里的手机看了一会儿，又把目光投向外面，对正在拧衣服的花朵说："花朵姐，等你洗完不想睡的话，我们聊聊天吧。"

她可能有点出乎意料，愣了一下之后猛烈地点头。

这是我和花朵第一次正儿八经的交流。

我们不同级，不同专业，顶多是这个三十多人房间里的泛泛之交，却因为这次失眠以后的聊天而变得不一样。

我坐在床上，往后退了一点儿，给她留出位置。

她却只是蹬着梯子看着我，不坐到床上来。

我说："怎么啦，你上来啊。这么站着多累啊。"

她直摇头说："不了，别把你的床单弄脏了。"

我笑了一下："说什么呢，上来吧。哪儿脏了，这学校发的床单太粗糙了，反正军训回去之后我也不会用的。"

我拽着她的手臂要拉她上来，于是她特别不好意思地爬了上来，还是用一种别扭的姿势把脚伸在外面。

我问："花朵姐，你是哪儿的人啊？"

"山东。你呢？"

"我四川的，就隔几个小时的车程吧，不算远。"

花朵点头："我每次回去要坐好几天的车。"

我惊讶："好几天，不会吧，怎么那么久？"

花朵掰着手指头开始给我数："我要先坐火车到济南，济南坐六个小时汽车……"

我听着这些我从来都没听说过的地名，和在我的印象中已经消失了的交通工具，似懂非懂地点了头，说："我们班有好几个山东男生，都长得好高啊！你也是，好高啊！我真的好羡慕你们这些大长腿，我以前念高中的时候跑步跑得慢，就有个外号叫短腿。"

花朵就笑了："四川的女孩子漂亮啊。你看我们学校四川的女孩子，都长得挺好看的咧。一个个都小巧玲珑的。"

我说："你们真的不懂我们这些呼吸不到新鲜空气人群的难过，穿什么衣服都不好看。不晓得是因为吃的差异还是基因，我们那儿的女孩子普遍长不高。不过，好在我们那儿的男孩儿，也普遍长不高。哈哈。"

我和花朵捂着嘴偷笑。

我瞥到窗外的水龙头，于是问："你干吗要帮她们洗衣服啊？多大点儿事儿啊，你又不欠她们的，拒绝不就得了。"

她依旧嘿嘿一笑："举手之劳嘛。这点儿事儿哪用说谢谢，我在家还要洗一家人的衣服呢，这点儿算啥。"

我也就无话可劝了。

我又问了她一些关于学生会、社团、选修课之类的问题，没有涉及太私人的东西，足足聊了一个小时。

从此，我就和花朵熟络了。

花朵对我特别好。

或者说，花朵对每一个人都很好。对我尤其好。

军训的时候学校领导来慰问，每个人发了一个苹果和一盒牛奶。可能是由于在部队吃得太差，那天我胃疼得像是肠子在肚子里不断打结，满头大汗动都动不了。花朵跑下楼，在楼下等了很久，打到开水把牛奶温在脸盆里，温热了递给我喝。我摇摇头说："我不喝，给你喝。"她劝我："你今天都还没吃什么东西，先垫垫肚子吧。"我捂着肚子解释："空腹的时候喝牛奶不好，而且胃疼的时候喝牛奶会更严重。"她的手失落地缩回去："哦，我以为是好东西，所以才想给你拿来的。"

从部队回学校的时候，花朵帮我提着我的桶和背包。我想拿回来的时候，她摆摆手说："一点儿都不重。

我无意中说了一句："花朵姐，你要是去取信的话，顺便帮我看一下有没有我的。朋友给我寄了明信片。"她就每天去看一次，直到我的明信片到了，她兴高采烈地帮我送到宿舍来。

我跟朋友出去玩儿，问她能不能帮我上一下晚上的选修课，她也总是毫不犹豫地就答应下来。

旅游回来的我拖着一个大箱子。十点多的学校已经没有观光车了，我瘫在校门口，打电话问花朵能不能来接我，她说你等等，马上来。没过一会儿，她就出现在了我面前。她帮我拽着箱子走在前面说："你要是早点儿打电话，我能更快一点儿，我刚刚睡下。"

我和花朵很少在一起吃饭。因为在不同的专业，不同的年级，上课的时候很少碰到。有时候在食堂偶然碰到，却发现我不管去哪个窗口，花朵都躲躲闪闪的。后来我才知道，她每天的三餐都是固定的。早餐馒头开水；中午一份米饭加一份素菜，再去端一碗免费的汤；晚餐又是馒头开水。我实在看不过去，就邀请她一起吃饭，但她都是找各种理由推辞。

我不记得那一天具体是多少号，只记得那天特别冷，心也好像掉进了冰窟。我挂掉了某个人的电话，在街边站了很久很久之后，决定给花朵打电话。她的手机停机了。她只有一个在大概十年前流行过的那种手机，只能发短信打电话，还经常打不通。我只好打给她的室友，我说："花朵姐，我们去吃火锅吧。这天气，真的是太冷了。"

她说："不了，我吃过了。"

我说："你骗谁呢，现在才几点啊？食堂都还没开饭呢。你赶紧来吧，你不来我就一直待在这儿啊，冻死我自个儿。"

花朵来了。

我们点了菜，我又自作主张地点了几瓶酒，两个人你一杯我一杯地都喝得有点亢奋了。

我就跟她说起我难过的理由，说起我喜欢的那个人。我说："那个人真的算是个烂人，冷漠得很。关键是他还对谁都一副和颜悦色的样子，我特别讨厌他这一点。我不怕他冷漠，我怕的是他对所有人都好。我宁愿他对所有人都一副冷漠的样子，那样还好一点儿，不至于我刚刚因为他的好而兴高采烈了一会儿，却发现他对别人也一样，就像被扇了一耳光似的。”

“那他知道吗？”花朵问。

我揉了揉脸：“不知道，我不敢告诉他。我特别喜欢他，喜欢到我连告诉他都不敢。什么都不敢说，什么都不敢做，就觉得这样耗着、这样浪费着，只要他在就好，反正就一个字，‘尿’。你呢？你喜欢的人不会这么混账吧？”

花朵摇摇头：“我没有喜欢的人。”

我软绵绵地用手指指向她：“哈哈，你骗人，怎么可能没有喜欢的人呢？”

她推开我的手指，对着我傻笑：“真的啊，连饭都吃不饱，有什么资格喜欢人？”

我突然一下就愣住了，酒也醒了一半，忙夹了一块牛肉到她碗里：“快吃吧，免得煮老了。”

从此，我再也没有问过花朵关于她喜欢的人的事。

而在这以后不久，花朵居然有了一个男朋友。

是一个公司的负责人，参加一个捐助活动时认识了花朵，觉得她处境困难就多留心了一下她，一来二去，就帮出感情了。

我最开始知道这个事儿，不是从花朵嘴里而是从别的女生嘴里。

打水的时候，排在前面的女生刚好聊到这个事。

“你说，是不是所有的农村人都那么见钱眼开啊？还真是为了钱什么事儿都能做出来！”

“就是，年龄都够给她当爸了吧。唉，多给学校丢人。”

“啧啧，你就是羡慕嫉妒恨吧！据说是个大老板呢，这以后就吃穿不愁了，你上哪儿能找到那么有钱的一个男朋友啊！”

“对啊，我也觉得奇怪。你说花朵长成那样，到底是哪里吸引人了？是不是传说中的那些老板都审美特殊，不然怎么看上她的啊，哈哈。”

我瞪了一眼她们，放下水壶去找花朵。

那一段时间我忙着学二外的事，已经有一个月没见着花朵了。

两个人说了一会儿话，看不出她有什么变化，我忍不住问了一句：“花朵姐，听说你有男朋友了？”

她垂下眼睛点了点头，然后又摇了摇头，说：“其实算不上男朋友，他有老婆。”

“那你……”

“他对我很好。”

“嗯，可是花朵姐……这样不好……”

“从来没人对我这么好过。”

“嗯。”

接着我们陷入长长久久的沉默。

那个男人对她确实很好。

明明不漂亮又不优秀的花朵，那个男人却舍得花很多时间陪她。按理说这样的男人，混迹在身边的女人绝对不会少，却偏偏看中了最质朴善良的花朵。谁知道呢，人心这回事，又有谁能自信地说能掌握呢？

他给她在外面租了房子，在老家帮她修了一栋小洋房，送她弟弟读书，还经常买礼物给她。

我去过一次她在外面租的房子，她系着围裙去掉虾的头和泥线，她说：“虽然我生在山东，但是我从来没吃过新鲜的海鲜。有很多产自山东的东西，是后来到了重庆之后才知道的。”

我环顾着阳台上的风铃和水培植物，问道：“你以后想怎么办？不能一直……这样下去啊。他虽然好，但是他毕竟是个有家庭的男人。”

她手上的动作顿了一下，说道：“可是除了他，也不会有别人再喜欢我了啊。”

“你别这么自卑啊。”

“我知道自卑的意思。”花朵边解围裙边说，“自卑的意思是低估自己，本来有却觉得自己没有。但是我不自卑，我一点儿都不自卑。”

她放下围裙，看着我，几乎是一字一顿地说：“我没有低估自己，我是，真没有。”

由于男人出手阔绰，花朵在我看着的这一年里，对钱的态度有了翻天覆地的变化。从一个刚开始从来不逛商场，什么都不舍得买的人，变成了犹豫一下就可以把卡递出去的人。她买了一堆化妆品，开始学化妆，把她那些老旧的衣服打包到箱子里，但是依旧舍不得扔。我陪她逛街，路过一家店，她在门口站了好一会儿，跟我说：“去年的时候，你买了条裙子穿着真好看，那条黄色的。后来路过这里，看到橱窗里跟你穿的那条一模一样，我觉得特别好看。”

人靠衣装，花朵越来越像一朵花了。二十几岁的姑娘，浑身上下都散发着青春的气息，光是这股热情洋溢的气息，就已经够让人目不暇接了。

花朵以前看起来并不像我们这个岁数的人，她憨厚又土气，拍照、旅行、美食、恋爱、唱 KTV、淘宝、游戏，这些都是跟她没有关系的事情。从前她的世界里，只有兼职、一日三餐的馒头、斤斤计较省下的钱、走进店铺时店员的冷漠和说不出来的明白。

她被生活压得太累，累到连梦想都不敢有，甚至连喜欢这种感情，都觉得是奢侈的。

花朵没变的是和善和好脾气。

明明知道别人在背后说了她不少坏话，明明别人不给她好脸色看，但她依然像军训时那样，对每个人都担待着不得罪，只要能帮的忙一定帮。

花朵还是那个花朵，只是生活在她面前打开了一个潘多拉的魔盒，顺序却相反。先是飞出了希望，而由这本身不属于她的希望带来的灾难，也就接踵而至了。



下课有豪车来接的日子，终究没能长久。

这一天结束在原本平常的一天，一堂原本平常的英语课上。一个女人拿着一张照片冲进教室，问："谁是花朵？"

有不明情况的同学指了指花朵，于是那个女人在老师还上着课的情况下，直接冲到花朵的座位面前，抓住花朵的头发就扇了她一耳光，骂道："你这个骚货，狐狸精！有爹生没娘养的，勾引我老公！也不看看自己什么货色，下贱胚子就是改不了下贱！"

和电影里的那种场景一模一样。

同学和老师拉开那个女人。整个过程中，花朵没有还一下手，只是把那个女人拉开以后，花朵顶着乱糟糟的头发，拨开刘海儿笑了一下。是真的笑了。

我知道这个事已经是第二天了。下课后我去宿舍找她，她去上课了还没回来。我等了几分钟，她回来了。

她真的变得好看了。瘦了许多，化了妆，但还是遮不住脸上的红肿瘀青，嘴角有一点儿小伤口。她拉着我的手，说："你最近是在忙什么啊，都不来找我？”

我说：“工作室的事最近太多了，我都好久没周末了。听说你不大好，所以我来看看你。”

她笑了一下，说：“你看，她凭这张照片都能找到我，是不是神了？”

她把照片递了过来，应该是花朵入学前的证件照，一寸红底，扎一个马尾，和现在的她判若两人。

我盯着照片看了好一会儿，伸出手轻轻碰了碰伤口，问她：“痛吗？”

她摇头说：“不痛。真的，一点儿也不痛。”

“你觉得我还能好好生活吗？”

我把照片还给她：“能吧。有句话说，每个圣人都有过去，每个罪人都有未来。”

她默念着这句话，把照片上的自己抚摸了一遍，抬起头跟我说：“谢谢。”

这次以后，我见到她的时间就越来越少。我们各自忙各自的，时间总碰不到一块儿。

就这样，我下一次见到花朵的时候，就已经是花朵走之前了。

她和那个男人分手了。男人觉得对不住她，于是提出送她去国外读书。反正现在在学校闹得这么大，对谁都不好。她几乎是没有考虑就接受了。

她请我吃火锅，说：“你赶紧来吧，你要是不来我就不走了。”

和当初我说要请她吃饭的那句话一模一样。

这次是她点的单。我让她先点，她把菜单递回来的时候，我发现她把我上次点的东西全部点了，甚至连啤酒的牌子和瓶数都一模一样。

她满脸通红，不停地往我的碗里夹菜。

她说：“你知道吗，我第一次见到你，就特别羡慕你。你们城里的女孩子，跟我们就是不一样。虽然你强调过无数次你的家乡只是个小城市，但是我念大学前，连小城市都没去过。我怎么样都隐藏不了自己见识短，自己缺钱花，拿着你的触屏手机都小心翼翼地不敢点，不知道该按哪个键，因为之前没见过。以前在农村，学校里的学生都差不多，我感觉不到区别，直到我来到了这里。

“军训的时候，你让我到你的床上坐。我生怕把你的床单弄脏了。我知道你们每个人从小就有自己的房间的时候，羡慕得不得了。我们农村人，哪有那么多讲究？铺一铺谷草一床毯子，倒头就睡了。

“我把牛奶留给你喝，我之前没喝过。但是觉得包装那么好，应该是好东西。可是你居然说胃疼的时候不能喝，我又觉得特别难受。这么好的东西，要是没有打开的话，给我弟弟带回去该有多好。

“你们城里的女孩子连蟑螂老鼠都怕。回家满地虫子跑，我用扫把追着打的时候，想起你们看见老鼠抱在一团尖叫，那才像是真正的女孩子。

“你们看有些电影里面的主角惨，哭得稀里哗啦的，我没哭还说我心肠硬。我只是觉得那个根本不算穷啊，至少他们还吃得上饭，我们哪有什么心情考虑有钱人才会想的事，光是活下去就已经够费力气了。

“我来重庆前，有一些有见识的长辈跟我的家人说，重庆是个好地方，火锅可好吃了。可是我想都不敢想这些，我老家的房子住几十年了，外面下大雨屋里下小雨，风一吹我们就得抱着锅碗往外跑，怕塌了。你没见过那样的房子你想象不了，就像我没见过这些高楼的时候，我也想象不出，原来房子可以长这样。我大学的学费是贷的款，我弟弟每年为了学费都要在家哭上一阵。我是村里唯一一个大学生，我考上大学村里奖励了我们家一百块钱，那个时候我觉得是特别了不起的事情，直到上大学以后，我才发现一百块钱不够你们吃顿饭。

“我吃的第一顿火锅，是你请的。我觉得太奢侈了，我觉得你对我太好了。我想着以后有机会的话，一定要加倍对你好，把这些还给你。

“我是怎么沦陷的？你听我说，就是一个活动，别人给他献了一束花，他懒得拿就顺手扔给了我，那是我第一次收到花。我以前也没收到过什么礼物，我也不敢收礼物，收了就意味着我得还，而我没有钱还。谈恋爱是你们这些城里女孩子的事儿。

“我以前是哪种人你知道吧？就是买一支笔我都要比较半天，因为什么东西对我来说都只有一个选择，要买很困难，我就必须反复比较。一支笔、一双鞋、一块香皂，对我来说都是独一无二的。我以前特别想知道，不穷的日子是怎样的，可以一下子买两支笔的感觉，是不是特别好？

“我家的人都不敢生病，没人病得起。我爸爸背痛了几个月，只能找土郎中来一遍一遍用酒擦，没有要死的病，是不会去医院的。

“我知道有很多人看不起我。我知道你也说过，说我错了，说我不应该这样。我也觉得自己是个应该被看不起的人。可是我还是没能拒绝他。你们很多人都抱怨，说觉得自己的人生被父母计划了，被父母安排着去哪儿上班，可是我特别羡慕你们。我连套像样的衣服都买不起，我不想被人一辈子看不起。

“我知道很多人骂我，也知道有很多人看不起我，都没关系了。

这是我应该承担的结果，让他们骂吧，让他们看不起吧，反正我也不是那种患得患失的人，反正我也没什么好失去的，反正日子也不会更糟糕了。我甚至有时候还觉得挺值的，至少过年的时候不会再有人来要债，至少我弟弟不会再过我这样的日子。一点儿骂声，就换来了这些我可能努力几十年都不敢梦想的东西，轻而易举。”

她笑了。她抬起头笑着跟我说：“但是，你永远不要这样。如果不是缺钱缺得发疯，就千万不要亵渎爱。真的。你要找一个你爱的人，他应该是你喜欢的那种样子，稍微有点肉，高高的，就算吵架也很开心。要找个那样的人谈恋爱，要找个喜欢的人谈恋爱。”

最后，她在热气腾腾的烟雾中，举起杯子跟我说：“干杯。”

我拿起杯子跟她碰了一下。

她又笑，说：“为了明天。”

**图书在版编目（CIP）数据**

你看起来很美味 / 杨美味著 . — 北京 : 北京联合出版公司 , 2014.10

ISBN 978-7-5502-3541-0

Ⅰ . ①你… Ⅱ . ①杨… Ⅲ . ①随笔 – 作品集 – 中国 – 当代②故事 – 作品集 – 中国 – 当代 Ⅳ . ① I217.2

中国版本图书馆 CIP 数据核字 (2014) 第 202051 号

**你看起来很美味**

作　　者：杨美味

选题策划：北京磨铁图书有限公司

责任编辑：史媛

版式设计：@_ 叁囍

---

北京联合出版公司出版

（北京市西城区德外大街 83 号楼 9 层　100088）

北京慧美印刷有限公司印刷　　新华书店经销

字数：157 千字　　700 毫米 ×980 毫米　1/32　　　印张：6.75

2014 年 10 月第 1 版　2014 年 10 月第 1 次印刷

ISBN 978-7-5502-3541-0

定价：32.80 元

---